Dedicatória

edico este volume ao meu marido Antenogens que tem se esforçado para tornar real esse projeto.

"Abençoarei os que te abençoarem e amaldiçoarei os que te amaldiçoarem; em ti serão benditas todas as nações da Terra."
Gênesis 11:3.

Prólogo

Não sei mais a cor que tem a realidade. Nem em que tempo eu me encontro hoje. Não sei mais qual é o cheiro de acordar todos os dias ao lado do meu marido e beijar a face macia de meu filho. Não sei mais que gosto tem caminhar descalça na orla de Aracaju e sentir a brisa fresca emaranhar meus cabelos.

Quanto tempo ainda nos resta? Quão distantes estamos do futuro? Será que as pessoas acreditarão em mim? Não sei. Mas as imagens que estão em minha mente não me deixam descansar.

É imprescindível contar tudo o que vi, ainda que ninguém nesse mundo acredite, ainda que me tenham por lunática, porque não consigo mais andar pelas ruas com o mesmo descaso de antes, não olho mais as pessoas que passam diante de mim com indiferença, porque encontrei sentido nessa vida onde nada, absolutamente nada, faz sentido.

Preciso contar às pessoas da brevidade dos tempos. Preciso contar que estamos sendo selados ou para a vida ou para a morte e que somos nós que escolhemos o selo com o qual seremos selados.

O fim está mais próximo do que pensamos e cada um de nós precisa estar preparado para ele. É necessário que haja uma mudança genuína em nossas vidas.

Presságio

Naquele mesmo dia, enquanto Noé agradecia a Deus pelo livramento, Anael me deixou descansar um pouco. Eu estava exausta, meu corpo doía muito devido aos machucados.

Fomos para um lugar ainda mais sossegado e me deitei. Não sei explicar como, mas quando abri meus olhos, depois de algum tempo, eu não me encontrava mais na região do Ararate. Parecia que eu estava no futuro, bem à frente do meu tempo.

Eu caminhava pela rua de uma grande cidade que, a princípio, não identifiquei qual era, havia muitas pessoas aglomeradas, estavam agitadas, gritavam furiosas. No começo, achei que fosse alguma manifestação sindical ou algum protesto. As pessoas falavam a uma só voz, algo que eu não compreendia.

Não sei dizer o porquê, mas tudo à minha volta, inclusive as pessoas, estavam em tons de preto, branco e cinza, como num filme antigo, apenas eu tinha o colorido da primavera.

Eu estava usando uma calça preta social, semelhante às que uso para trabalhar, uma blusa de seda branca e um sobretudo também preto.

Eu caminhava entre a multidão, quando senti algo vibrar no bolso direito. Aquilo me espantou, pois, desde que iniciei essa viajem, eu não falava com ninguém pelo telefone e as pessoas com quem eu me comunicava já haviam morrido há muito tempo.

O número era estranho, mas, mesmo assim, atendi. Uma voz masculina me disse do outro lado:

— Ângela, por onde você andou? Por que não tem atendido às minhas ligações? Estamos preocupados com você. Faz tanto tempo que você sumiu sem nos dar notícias!

A voz parecia conhecida, porém não consegui identificar de imediato, então perguntei:

— O quê? Quem está falando?

O homem me respondeu:

— Como "*quem*"?! Sou eu, Júlio, seu marido!

— Júlio! Que saudade! – meu rosto se iluminou ao descobrir que era ele – Você está bem? E nosso filho, como está? Eu quis dar notícias, mas de onde eu estava era impossível.

Meus olhos encheram-se de lágrimas. Desde que iniciei essa viagem, não mais os vi, nem dei notícias. Meu coração palpitava de felicidade!

A voz dele me resgatou de meus pensamentos. Respondeu:

— Estamos bem e você? Estamos todos preocupados. Sua mãe está uma pilha de nervos de tanta preocupação!

— Eu estou bem, só não sei dizer como vim parar aqui, nem sei onde estou – respondi.

Ele, como se não fizesse caso das minhas palavras e tivesse pouco tempo para falar, foi dizendo:

— Escute, Ângela, você precisa sair daí o mais rápido possível. Está ficando muito perigoso. Tome muito cuidado. Não confie em ninguém que você não conheça. Eu disse para você não fazer essa viagem; você precisa deixar de ser teimosa e me ouvir de vez em quando!

Surpresa, perguntei:

— Você *sabe* que eu estou viajando?! Sabe onde estou?!

— Claro que sei! Por que não saberia?! Só não concordei com essa viagem. Você está bem mesmo? – falou em resposta.

Quando eu ia responder, fui empurrada pelas pessoas. Alguma coisa bateu forte em minha cabeça, provocando uma dor insuportável, vi tudo à minha volta girar e minha visão afunilar como se estivesse vendo através de um binóculo invertido. Virei-me para ver o que tinha me atingido, então levei um soco no olho esquerdo que fez meu celular cair de minha mão.

A multidão me cercou como um cardume e me conduziu a um prédio alto, onde estava escrito: United States Court House

(Tribunal de Justiça dos Estados Unidos), parei e olhei ao meu redor, a multidão parecia mais inflamada.

Essas pessoas gritavam algo em minha direção que eu não conseguia entender. Homens de ternos pretos me seguraram e me algemaram, levando-me para dentro do prédio.

Eles me conduziram a uma sala luxuosa onde parecia estar ocorrendo um julgamento. Lá já estavam muitas pessoas, homens e mulheres, todos pareciam ser pessoas importantes. Alguns percebi que eram casados. Fui colocada entre eles para também ser julgada. Muitos acusadores sem ninguém que nos defendesse.

Homens vestidos como advogados falavam veementemente contra nós, mas eu não compreendia uma palavra sequer.

Depois de muitas horas assim, fomos retirados da sala todos algemados. Descemos umas escadas apressadamente, a multidão queria nos trucidar e eu nem fazia ideia do porquê. Entramos num camburão fortemente escoltado, homens corpulentos e armados nos guardavam.

Uma mulher, bem mais jovem que eu, olhou para mim e me disse algo que não compreendi:

— *Where were you when they got you?* (Onde você estava quando lhe pegaram?)

Balancei a cabeça para um lado e para o outro e disse:

— Não compreendo sua língua, não entendo o que você está falando.

E pelo visto ela também não me compreendia!

Seguimos por algum tempo dentro daquele carro e, ao parar num lugar desconhecido, fomos obrigados a descer e entrar num prédio que, para mim, parecia um presídio.

Ao entrarmos, fomos levados para uma sala ampla onde tivemos que deixar todos os nossos pertences, em seguida nos levaram para uma sala pequena acinzentada, pouco iluminada, com uma abertura próxima ao teto, ao entrarmos, fecharam a porta atrás de nós.

Corri até a porta e gritei:

— Há alguma coisa errada nisso tudo! Eu não sei o que essas pessoas fizeram, não estou com elas. Eu nem sei o que está acontecendo aqui!

Meus clamores não eram ouvidos. Então parei e me virei para ver se alguma daquelas pessoas podia me entender. Quando me virei, eles estavam de joelhos, orando.

Eu também me ajoelhei, mas não consegui me concentrar em oração nenhuma, na verdade comecei a me apavorar. Questões inundavam minha mente: *o que está acontecendo? Por que eu estou aqui como se fosse uma criminosa? Quem são essas pessoas? Por que Anael não me contou que meu marido sabia da minha viagem?* Eu tinha mais perguntas do que respostas e isso me deixava mais nervosa.

Depois de algum tempo, a porta novamente se abriu e um militar alto e forte chamou o primeiro nome, um senhor negro, de cabelos grisalhos levantou-se; sua mulher, também negra, o segurou pelo braço, como se não quisesse deixá-lo ir. Aproveitei esse momento e me dirigi ao militar dizendo:

— Senhor, cometeram um engano. Eu não estou com essas pessoas, não as conheço, nem sou do seu país, não sei como vim parar aqui. Por favor, leve-me aos seus superiores para que eu possa explicar. Há alguém aqui que fala a minha língua?

O homem me respondeu asperamente:

— *Go back to your place, wait to be called, soon it will be your turn.* (Volte para o seu lugar, aguarde ser chamada, logo será a sua vez).

Por fim, o homem foi separado dos braços da mulher e levado. Os outros pareciam tentar consolar a senhora. A jovem mulher, que tentou conversar comigo iniciou um canto. Sua voz era suave e doce. Seu canto me trouxe um pouco de consolo e paz. Logo os outros a acompanharam. Mesmo não entendendo a letra, tive a impressão de que já conhecia aquele louvor.

Depois de algumas horas, o militar voltou e levou mais outra pessoa. Em seguida mais outra e outra até restar apenas eu na sala.

Fechou-se a porta atrás de mim, fiquei ali sozinha, nenhum barulho para se ouvir, a não ser as batidas do meu próprio coração, que tive a impressão de que podiam ser ouvidas a quilômetros de distância.

Eu estava sem relógio, mas podia calcular o passar dos segundos, o movimento suave dos ponteiros e isso aumentava minha agonia.

À medida que o tempo passava, eu perdia o controle de mim mesma. Pulei para tentar alcançar a abertura próxima do teto, gritei por Anael, para que ele viesse me socorrer, mas foi inútil. Meus gritos aos poucos se transformaram em pranto, um choro de pavor e angústia, pois todos saíram da sala e não voltaram.

Passadas algumas horas, o homem voltou e chamou meu nome. Chegou a minha vez – pensei. *O que será que me aguarda? Como ele sabe meu nome? Quem disse a ele? O que está acontecendo? Por que estou presa?*

Seguimos interminavelmente por um corredor cinza com algumas luzes bem distribuídas pelo teto. Dois militares bem armados me acompanhavam. No final do corredor entramos numa sala, que tinha no centro dela uma mesa retangular pequena e duas cadeiras. Algemaram-me em uma delas. Agora eu não tinha mais dúvidas. Visto que seria interrogada, perguntei:

— Por que estou aqui? O que querem de mim?

Os homens não me disseram nada. Saíram e fecharam a porta. Eu fiquei ali presa à cadeira e durante algum tempo nada aconteceu, o que aumentava ainda mais a minha ansiedade e medo. Eu temia até mesmo respirar, fazia-o com cuidado. Minha cabeça girava e doía muito. Lembrei-me do objeto que jogaram em mim quando eu estava na rua e me perguntei se seria isso o motivo de tanta dor.

Minutos depois, um homem de estatura mediana e terno acinzentado entrou na sala, jogou em cima da mesa um mapa e começou a me interrogar:

— *Where are the others?* (Onde estão os outros?)

— Senhor, eu não compreendo sua língua, eu não sei como vim parar aqui.

Ele socou a mesa e gritou:

— *I will not ask again.* (Não vou pedir novamente).

Seus olhos transmitiam irritação e ódio, um ódio que nunca vi igual.

— Não sei o que o senhor quer de mim – eu disse desesperada.

Ele fez que ia virar-se de costas, mas em vez disso, deu-me um tapa tão forte com as costas da mão que eu caí no chão presa à cadeira. Senti o sangue quente correr de meu nariz. Fiquei desnorteada por um momento. Ele andou em torno da mesa, dizendo-me:

— *You will tell me one way or another.* (Você vai me dizer de uma forma ou de outra).

Ele tirou o terno e o colocou em cima da mesa, em seguida dobrou cuidadosamente as mangas da camisa e me elevou do chão como se eu pesasse menos que uma folha de papel. Tirou meus cabelos dos olhos, pegou um lenço que trazia em seu bolso e enxugou minhas lágrimas.

Em seguida, socou-me no estômago, perdi o fôlego por alguns instantes. Ele me golpeou na face e eu caí novamente, fui brutalmente espancada com socos e chutes. Eu já estava prestes a desmaiar quando o ouvi gritar próximo ao meu ouvido direito:

— *I'll just stop beating you when you tell me everything I want to know.* (Eu só deixarei de te bater quando me contar tudo o que quero saber)

Enquanto ele me batia, olhei ao redor da sala e vi que estava cheia de anjos, tanto celestiais quanto diabólicos; só eu podia vê-los. Os anjos diabólicos sussurravam aos ouvidos daquele homem que me espancava:

— Bata mais forte! Faça-a falar e depois mate-a.

Um dos anjos do mal abaixou-se até mim e disse:

— É melhor você falar e sua vida talvez seja poupada.

Os anjos celestiais sussurravam algo que eu não conseguia compreender. De repente, vi Anael caminhar entre eles e se aproximar de mim. Ele me fitou os olhos e disse:

— Seja firme, menina! Não desista e obterá a vitória!

Por um instante, era como se nada mais ao meu redor existisse. Os socos e pontapés não me causavam mais nenhuma dor até que fui despertada pela voz do homem que me espancava:

— Speak or you will die. (Fale ou você vai morrer).

O chão estava manchado com o meu sangue. Eu mal conseguia respirar, senti uma onda de dor percorrer todo o meu corpo enquanto a vida parecia fugir de mim. Lembrei de meu filho. Então, mesmo não sabendo ao certo o que ele queria, eu disse:

— Pare! Pare! Eu não aguento mais. Eu conto tudo que você quiser saber.

Anael gritou de onde estava:

— Não, Ângela! Não faça isso!

O homem me levantou com um único movimento, entregou-me um pincel vermelho e apontou para o mapa, dizendo:

— *Show the location of all of them.* (Mostre a localização de todos eles).

Olhei o mapa, grossas gotas de sangue caíam sobre o papel. Eu não consegui identificar de onde era, mas, saí marcando um X em diversos lugares, seja lá o que for que ele queria; para mim, só importava fazer aquilo tudo parar.

Quando terminei, vi que dos anjos celestiais, apenas Anael ainda estava na sala. Olhei para ele e vi refletida em seus olhos uma decepção indescritível. Os anjos do mal vibravam com a minha ação.

O homem pegou o mapa, deu uma olhada e disse:

— *Kill her*. (Matem-na).

Acordei em sobressalto! Ainda estava no recanto, na região do monte Ararate. Anael estava ao meu lado. Eu me levantei assustada e me apalpando. O anjo me olhou e perguntou:

— Tudo bem com você, Ângela?

Eu o olhei sem entender nada e lhe perguntei:

— Onde eu estava enquanto dormia?

Anael olhou para mim sem compreender a minha pergunta, fez um leve movimento no rosto e disse:

— Suponho que exatamente aí onde você está agora.

— Eu não fui para nenhum outro lugar? – Eu quis saber.

— Não.

— Tem certeza?

— Tenho.

Eu respirei aliviada e disse:

— Graças a Deus, foi só mais um daqueles sonhos. Ufa!

— Quer me contar? – ele me perguntou.

— Não, deixa pra lá, vamos continuar – respondi.

— Então vamos – disse o anjo sem insistir.

Enquanto seguíamos, as lembranças do meu sonho me atormentavam, então perguntei ao anjo:

— Anael, há muito tempo venho tendo uns sonhos estranhos. Você sabe me explicar o porquê?

— Sei sim, Ângela. Deus tem lhe mostrado cenas do futuro, do que ainda vai acontecer.

Surpresa, perguntei:

— Essas coisas que estou vendo vão acontecer *comigo*?

—Vão acontecer sim, no futuro. Você mesma verá. Mas se acontecerão *com você*, vai depender de suas escolhas. Por enquanto, vamos ver o que já aconteceu.

— Vamos sim – eu disse.

O recomeço

Não foi nada fácil aquele recomeço. A Terra desolada exigia de todos muito trabalho para lavrá-la. Sobre a condição em que ficou o nosso planeta após o dilúvio, está escrito no livro Patriarcas e Profetas: *"A Terra apresentava um aspecto de confusão e desolação impossível de descrever-se. As montanhas, que haviam sido tão belas em sua perfeita simetria, ficaram despedaçadas e irregulares. Pedras, lajes e rochas irregulares estavam agora espalhadas pela superfície da Terra. Em muitos lugares, colinas e montanhas tinham desaparecido, não deixando vestígio do lugar em que se achavam; planícies haviam dado o lugar a cadeias de montanhas. Estas transformações eram mais acentuadas em alguns lugares do que em outros. Onde estiveram os mais ricos tesouros da Terra, em ouro, prata e pedras preciosas, viam-se os mais acentuados indícios da maldição. E sobre os territórios que não eram habitados, e aqueles em que houvera o menor número de crimes, a maldição repousou mais brandamente".* **Patriarcas e Profetas, pág. 67, 68.**

O Dilúvio não mudou apenas a configuração da Terra. Antes dele, não havia nenhum lugar que causasse medo, nem lugares áridos; agora, tudo isso passou a existir.

Essas mudanças exigiram de Deus uma nova logística para equilibrar a temperatura e manter a vida na Terra. A chuva que antes não existia, passou a ser uma realidade.

Noé voltou a cultivar o solo – era seu ofício antes do Dilúvio e voltou a fazê-lo após ele.

Na arca, não havia apenas animais, havia também, plantas, raízes, sementes e outras coisas que serviram para a alimentação de todos e, posteriormente, para replantar a Terra, muito embora a maior parte da vegetação tenha brotado naturalmente com o tempo ao passo que outras espécies simplesmente deixaram de existir.

Os corpos de pessoas e animais mortos no Dilúvio foram soterrados por Deus.

Os filhos de Noé passaram a ser os únicos guardiões das verdades estabelecidas por Deus e era dever dessa família ensinar aos mais jovens essas verdades, perpetuando assim o legado que receberam.

Os homens, animais e plantas, que viveram antes da catástrofe, eram maiores do que os que hoje existem. Com o passar o tempo isso foi mudando e até mesmo a idade dos seres humanos diminuiu grandemente.

A família diluviana tinha uma estatura elevada. Os primeiros habitantes do recomeço eram mais altos e mais fortes do que os de hoje e seus túmulos, espalhados em vários cantos da Europa e Ásia, dão provas disso.

Dois anos após o dilúvio, nasceu o primeiro filho de Sem. Anos depois, seus irmãos também tiveram filhos e a população começou, aos poucos, a aumentar.

O vale onde a família diluviana morava começou a encher-se de alegria e barulho com os meninos e meninas que nasceram. Noé sentava-se com sua esposa para contar aos netos histórias de como o mundo fora criado e de como Deus enviou um dilúvio para limpar o planeta da onda de pecado.

Enquanto Sem e Jafé se preocupavam com a espiritualidade de suas famílias, Cam não parecia levar isso muito a sério. Preferia uma vida mais liberal, valorizava os prazeres momentâneos.

Cam também contava essas mesmas histórias a seus filhos e posteriormente, aos netos, porém, não como seu pai lhe ensinou e ele havia presenciado, mas com suas próprias explicações para os fatos.

Cam contou a seu filho tudo o que sabia sobre os filhos dos homens, contou também como eram os rituais que eles praticavam e como tinham uma vida com menos restrições. Os jovens ficavam encantados com o que seu pai lhes contava.

Noé foi o primeiro a plantar uma vinha. Num certo dia, enquanto ele estava em sua tenda, embriagou-se com uma bebida que ele mesmo havia inventado feita com o suco de uvas.

Sozinho e embriagado, despiu-se de sua túnica. Cam passou pela frente da tenda e viu seu pai despido, deitado no chão. Ele ficou olhando... olhava-o com desejo.

Ele se deteve ali por algum tempo, deixou-se inflamar por desejos sexuais ilícitos. Ao sair da tenda, foi até onde seus irmãos estavam e contou-lhes o que havia ocorrido, achando que seus irmãos fariam o mesmo.

Eles, porém, correram até o local, pegaram uma capa, colocaram nos ombros e de costas cobriram a nudez do pai e o colocaram para descansar.

Quando Noé despertou e soube do que havia feito seu filho mais novo, se indignou, chamou os três e disse ao filho mais novo:

— Maldito seja Canaã! Escravo de escravos será para os seus irmãos. **Gênesis 9:25**

Eu olhei para Anael e perguntei baixinho:

— Por que ele amaldiçoou o neto se foi Cam que cometeu a violência?

— Ele está profetizando o que acontecerá com os filhos de Cam, porque, devido à influência ruim do pai, a maioria da sua descendência escolherá seguir os mesmos caminhos. Os filhos não pagam pelos erros dos pais, mas são influenciados por tais erros.

Sobre isso, Ellen G. White escreveu: *"Noé, falando por inspiração divina, pedisse a história das três grandes raças que se originariam desses pais da humanidade. Seguindo a linhagem de Cam, por meio do filho e não do pai, declarou ele: "Maldito seja*

Canaã; servo dos servos seja aos seus irmãos". O atentado aos sentimentos de afeição natural por parte de Cam, declarou e revelou que a reverência filial muito tempo antes havia sido repelida de sua alma; e revelou a impiedade e vilela de seu caráter. Estas más características perpetuaram-se em Canaã e sua posteridade, cujo delito, continuado, atraiu-lhes os juízos divinos".
Patriarcas e Profetas, p. 75.

Eu apenas balancei a cabeça numa expressão de que havia compreendido. Em seguida, virei-me para Noé. Este dizia:

— Bendito seja o Senhor, o Deus de Sem! E seja Canaã seu escravo. Amplie Deus o território de Jafé; habite ele nas tendas de Sem, e seja Canaã seu escravo. **Gêneses 9:26,27.**

Cam baixou a cabeça, mas seu semblante não demonstrava vergonha ou tristeza pelo que fez, mostrava indignação e até mesmo um certo ódio.

O filho mais novo de Noé pecou quando desejou ter relações ilícitas, mas, pecou muito mais quando praticou, e, com seu próprio pai.

Ele deveria ter reprimido seus desejos, deveria ter buscado auxílio divino, mas ao contrário, ele não se deteve diante dos seus maus desejos.

A nossa mente má vai sempre desejar o errado. Devemos reprimir esses desejos, lutar incansavelmente contra eles, unindo nossas fraquezas ao poder de Deus, assim, não praticamos o pecado, e não as tornamos parte de nós mesmos.

Quantos de nós somos assim, nos detemos diante dos nossos pecados, damos asas à nossa imaginação má, perdemos tempo contemplando o mal, mas, as palavras que o Senhor disse a Caim, ainda no início da criação, ecoam ainda hoje para nós:

"...eis que o pecado jaz à porta; o seu desejo será contra ti, mas a ti cumpre dominá-lo". **Gênesis 4:7**

Babel – o reino da confusão

Os filhos de Noé se multiplicaram na Terra e durante muito tempo permaneceram morando nas montanhas onde a arca repousou.

Aos poucos, as flores e as árvores voltaram a encher de cor e odor as paisagens, os animais se multiplicaram, a vida paulatinamente voltou ao seu curso normal.

Os três filhos de Noé constituíram famílias e se tornaram chefes de seus respectivos povos e foram substituídos, após a morte, por seus filhos mais velhos.

Eu habitei entre os povos pós-diluvianos, numa rude casa em meio à natureza, próximo aos vilarejos. Nesse tempo, eles começaram a se dividir e a se espalhar, mas os descendentes de Cam não aceitaram a separação.

Era desejo de Deus que eles se espalhassem pela Terra para povoá-la. Sobre isso, Ellen G. White falou: "(...) *Era Seu propósito que, ao saírem os homens para fundarem nações nas várias partes da Terra, levassem consigo o conhecimento de Sua vontade, para que a luz da verdade pudesse resplandecer com todo o brilho às gerações que se sucedessem.* **Patriarcas e Profetas, p. 77.**

Ao contrário de seus irmãos, Cam possuía muito do espírito depravado e indisciplinado dos antediluvianos. Deus revelou a Noé que o comportamento rebelde de seu filho mais novo o levaria junto com seus descendentes a se tornarem escravos de seus irmãos.

Por causa da má influência de Cam e seu filho Canaã, as nações que surgiram deles se tornaram as mais pecadoras do passado: Sodoma, Gomorra, Nínive e os rebeldes filisteus. **Gênesis 10: 6-20.**

Seus filhos e os posteriores descendentes foram educados com maior liberalidade. Os defeitos de caráter não eram corrigidos e os pecados eram praticados naturalmente e, aos poucos, eles passaram a seguir seus próprios instintos.

Havia, porém, entre eles, alguns que não pensavam como seus parentes. Ouviam atentamente as histórias contadas pelos filhos de Sem e Jafé e em seus corações acreditavam naquilo que ouviam. Contudo, as influências familiares lhes obscureceram o discernimento.

Eu caminhava em meio ao bosque quando o tempo passou como num carrossel, em questão de segundos, diante de meus olhos, até parar nos dias de Ninrode.

À medida que o tempo passava, a apostasia se tornava mais evidente entre os Camitas. Alguns deles faziam cerimônias pagãs na floresta à noite, em adoração às diversas divindades, como faziam os que pereceram no dilúvio. Eles se sentiam incomodados com a conduta daqueles que obedeciam aos preceitos divinos.

Não podendo mais suportar os ensinamentos e repreensões de seus contemporâneos adoradores de Deus e para não se dividirem em grupos menores, decidiram habitar em lugares onde seus pecados não seriam reprovados.

Um sacerdote, descendente de Cam, reuniu os homens de seu clã e disse:

— Não podemos mais habitar junto com os nossos parentes, não concordamos com eles em muitas coisas, pois eles têm uma mentalidade bastante ultrapassada. Nossa conduta é vista como se fosse uma rebeldia. Ontem eu ouvi a voz de nosso grande deus, ele falou comigo, me disse que se o adorarmos, ele fará de nós uma grande nação e a maldição de nosso pai Noé não se cumprirá jamais.

Um homem alto e forte disse:

— Concordo com você, há muito tempo que desejo sair deste maldito lugar e, no que depender de mim, assim que estivermos prontos, partiremos e veremos em que vai dar a maldição de nosso velho pai. Eu andei sondando a terra e conheço um excelente lugar para morarmos.

Todos se juntaram a eles, fizeram os preparativos para a viagem e seguiram em direção a planície de Sinear, localizada nas margens do rio Eufrates; eu segui com eles, acompanhando a caravana de longe.

Ao chegarem à planície, por ser um lugar de rara beleza, solo fértil e água em abundância, o homem alto e forte que os liderava disse:

— Este é o lugar em que habitaremos, construiremos aqui uma cidade fortificada para nos proteger dos outros povos; juntos seremos mais fortes e invencíveis, também construiremos uma torre que ultrapasse o limite que as águas do dilúvio chegaram, porque se houver outra enchente como a que teve no passado, nós estaremos a salvos no alto da torre e, do alto dela, poderemos ver o que causou a grande inundação e, além do mais, teremos uma visão privilegiada de toda a terra e de nossos inimigos.

Os homens concordaram e ali começaram os preparativos para edificar a cidade e a torre que tornaria célebre o nome de seus construtores. No centro do acampamento eles colocaram uma grande pedra redonda, como um altar.

Ninrode era o líder deles, sobre ele é dito: "...*Estes empreendimentos destinavam-se a impedir que o povo se espalhasse pela Terra, em pequenas colônias. Deus determinara que os homens se dispersassem pela Terra toda, para povoá-la e subjugá-la; mas estes construtores de Babel resolveram conservar unida a sua comunidade, em um corpo, e fundar uma monarquia que finalmente abrangesse a Terra inteira. Assim, a sua cidade tornar-se-ia a metrópole de um império universal...*". **Patriarcas e Profetas, p. 76**.

Com a construção da cidade eles não cumpririam a ordem de Deus para se espalharem pelo planeta e povoá-lo. A torre também seria uma espécie de observatório astronômico que poderia possibilitar descobrir o que causou a tempestade, pois atribuíam-na a fatores naturais e não divinos.

Sobre eles, está escrito: *"Os moradores da planície de Sinear não criam no concerto de Deus de que não mais traria um dilúvio sobre a Terra. Muitos deles não acreditavam na existência de Deus, é atribuíam o dilúvio à operação de causas naturais. Outros criam em um Ser supremo, e que fora Ele que destruíra o mundo antediluviano; e seu coração, como o de Caim, ergueu-se em rebelião contra aquele Ser. Um objetivo que tinham na construção da torre era garantir sua segurança em caso de outro dilúvio. Elevando a construção a uma altura muito maior do que a que foi atingida pelas águas do dilúvio, julgavam colocar-se fora de toda possibilidade de perigo. E, como pudessem subir à região das nuvens, esperavam certificar-se da causa do dilúvio. Todo o empreendimento destinava-se a exaltar ainda mais o orgulho dos que o projetaram, e desviar de Deus a mente das futuras gerações e levá-las à idolatria.* **Patriarcas e Profetas, p. 76, 77.**

Até esse tempo, todos os moradores da Terra falavam apenas um só idioma. E até então, nunca tinha sido construído algo semelhante.

As tendas foram armadas na planície e, antes de iniciar a construção, preparam uma festa. Quando os primeiros raios solares clarearam o local, beijando o chão de grama verdinha, homens e mulheres começaram a organizar os festejos.

Eu me infiltrei entre eles, mas logo percebi que não se tratava de uma festa comum, então perguntei a uma das mulheres:

— O que significam todos esses ornamentos?

Ela me respondeu com um ar de descrédito:

— Você não sabe? Esta noite vamos invocar o grande deus para nos proteger e nos dar felicidade nesse lugar.

Eu exclamei:

— Um culto ao grande Deus de Noé?

Ela, porém, me respondeu:

— Que deus de Noé que nada! Por onde você andou? Ou será que você é um deles? Uma semita ou uma jefetita?

Eu respondi angustiada:

— Não, não sou de nenhuma dessas tribos, só pensei que vocês adorassem ao mesmo Deus deles.

— Você deve ter batido com a cabeça em algum lugar. O Deus deles nos amaldiçoou, nos condenou por meio de Noé a sermos escravos de nossos tios e seus descendentes, mas fomos libertos pelo nosso deus. Ele fará de nós um grande e célebre povo. Essa construção será apenas o começo de tudo que intentamos fazer.

Ela estava satisfeita, eufórica, então perguntei:

— E qual é o nome desse deus?

Ela me olhou com um olhar de desconfiança e me perguntou:

— De onde você veio? Nunca vi você por aqui!

Eu respondi amedrontada, pois a essa altura a nossa prosa já tinha tomado um rumo assustador.

— Se eu contar, você não vai acreditar, mas...

Antes que eu concluísse o que ia dizer, ela gritou:

— Espiã! Espiã! Temos uma espiã entre nós!

Homens fortes e armados com arcos, flechas e espadas, que estavam encarregados da segurança, rapidamente me cercaram e me levaram para um lugar onde já haviam outras pessoas presas.

Colocaram-me dentro de uma pequena gaiola, como se eu fosse um animal selvagem e fecharam a entrada. Eu esperneava como uma criança malcriada, tentando sair dali, mas não obtive resultado algum.

Quando meus captores saíram, um dos presos me perguntou:

— Você também foi pega roubando comida como nós?

Eu respondi:

— Não, eles me pegaram bisbilhotando. Eu queria saber qual era o deus que eles adoram, por isso me prenderam aqui.

Um outro homem, esguio, replicou, balançando a cabeça para um lado e para outro, repetidas vezes:

— Hirrr! Danou-se! Má sorte a sua! Má sorte!

— Por quê? – Eu quis saber com uma certa ansiedade mórbida.

— Eu vi o que eles fazem com os espiões. Má sorte a sua.

— E o que eles fazem com os curiosos? – perguntei ainda mais nervosa.

— Você vai descobrir logo. – Ele me disse com expressão de preocupação e medo estampados em seu rosto ossudo.

Interrompemos nossa angustiosa conversa quando o homem alto e forte que guiou o povo até a planície entrou no local onde nós nos encontrávamos. Seus ombros estavam cobertos com a pele de um animal, só então percebi, pela aparência, que era alguém importante, que era o próprio Ninrode.

Ele se aproximou de mim e me disse:

— Disseram-me que você é uma espiã. Por que mandaram você aqui? Aqueles covardes agora mandam mulheres fazer o trabalho de homens?

Mesmo estando sentada na minha jaula, senti minhas pernas tremerem como bambus açoitados pelo vento e, com a voz quase faltando de tanto medo, respondi:

— Não sou espiã, meu senhor! Não sou um deles. Eu vivia na floresta, mas quando soube do seu levante, resolvi acompanhar vocês.

Ele me perguntou:

— E quem é você então? Ninguém aqui lhe conhece. De onde você veio? Quem é sua família?

Eu me calei, não tinha as respostas certas para essas perguntas, pelo menos, não as respostas que ele pudesse acreditar.

— Tudo bem — ele me disse — para mim tanto faz se você falar ou não, o seu destino será o mesmo.

Então ele virou-se para os seus soldados e disse:

— Entreguem-na ao sacerdote para ser oferecida hoje à noite na pedra sagrada.

Ao ouvir essas palavras, fiquei aterrorizada. Apavorada perguntei:

— Como assim, ser oferecida na pedra sagrada?

Ele voltou-se para mim e disse:

— A pedra do sacrifício!

Eu ergui as sobrancelhas ainda mais assustada e disse desesperada enquanto ele se dirigia para a saída do local:

— Não! Não! Não! Não! Eu não posso ser sacrificada, porque eu sou uma sacerdotisa do Deus que tudo vê.

Ao ouvir essas palavras, ele virou-se para mim, manteve-se calado por um instante, depois disse para os soldados:

— Pensando bem, matem-na agora mesmo.

Os soldados começaram a abrir a jaula, então gritei:

— Sou uma sacerdotisa e trago uma mensagem do Deus que tudo vê para o senhor dessas terras.

Ninrode parou a meio passo da saída e se voltou para mim novamente, deu alguns passos em minha direção, olhava com os olhos semicerrados e com a cabeça levemente inclinada para a direita e perguntou:

— Eu sou o senhor dessas terras. Que mensagem você tem para mim?

Eu respirei fundo, olhei nos seus olhos, escondendo dentro dos meus, o medo que sentia e com a voz firme e serena eu lhe disse:

— O Deus que tudo vê mandou dizer que Ele mesmo destruirá sua torre e espalhará sua gente. Vocês fugirão como presas apavoradas para as terras mais hostis e serão escravizados, torturados, maltratados durante muitas gerações, mas Deus terá misericórdia e lhes estenderá a salvação. Quando ouvirem o povo falar coisas que ninguém entende e a confusão se espalhar entre vocês destruindo a muitos, saberão que essa cidade chegou ao fim.

Os olhos de Ninrode se enxamearam e ele ficou ainda mais irritado. Então disse asperamente aos soldados:

— Levem-na daqui! Diga aos sacerdotes que quero que ela seja torturada de todas as formas possíveis, sem que sua vida seja tirada. Quero ela viva para ser a primeira oferenda da noite, eu mesmo executarei esse sacrifício.

Eles me agarraram e me levaram para os sacerdotes e a segurança em torno de mim aumentou. Fiquei lá até escurecer totalmente; as tochas foram acesas para alumiar o lugar; na penumbra da sala vi o rosto amigável de Anael. Ele veio até onde eu estava e me disse:

— Não posso ficar longe de você nem por um minuto que já se mete em confusão?!

Um tanto irritada eu falei:

— Eu não me meti em confusão! Você é que não me disse muita coisa sobre o deus que eles adoram.

Com um sorriso no rosto o anjo retrucou:

— Ah! E você achou que eles se separaram dos semitas para poder adorarem melhor ao grande Deus Criador?

Percebendo minha falta de bom senso eu disse:

— Falando assim pareço uma boba mesmo, mas você vai me tirar daqui ou não?

— Na verdade ainda não decidi – disse Anael – talvez eu deixe você aí para ser sacrificada ao deus deles, assim diminuo o meu trabalho.

Eu arregalei os meus olhos e exclamei:

— Não! Não! Não! Tire-me daqui por favor! Sou muito nova para ser sacrificada e eu nem sou dessa época! Como ficaria? E meus familiares?

O anjo me respondeu:

— Está bem – o anjo falou com a voz arrastada – venha comigo então.

— Vou sim, assim que você me solt...

Quando olhei, as amarras que me prendiam haviam se soltado e eu saí dali ilesa, porém meu coração palpitava aceleradamente só de pensar em ser sacrificada.

Quando me recuperei do susto, perguntei:

— Mas afinal, qual é o deus que eles adoram?

Anael meneou a cabeça, fazendo um gesto no canto da boca, então falou:

— Você é uma péssima espiã mesmo. Conseguiu ser presa antes mesmo de descobrir qualquer informação. Vou deixar você investigar mais um pouco e tente não ser presa novamente.

Enquanto as horas passavam, o barulho da comemoração aumentava, Anael me levou para o lugar da cerimônia, então falei:

— Você está maluco? Eles vão me prender de novo!

Mas ele retrucou:

— Como sei que suas qualidades de investigação não são boas, dessa vez eles não poderão ver você, fique tranquila.

— Ufa! Que alívio! Sendo assim, vou procurar um lugar onde poderei ver tudo de um ângulo privilegiado.

Cortei caminho entre a multidão eufórica e fiquei o mais próximo que consegui do local de adoração. Eles tinham um ritual semelhante aos descendentes de Caim.

O ambiente estava enfeitado com objetos e ídolos considerados sagrados por eles. No centro, estava a grande pedra. Mais adiante, havia uma estátua que se destacava por seu tamanho e aparência assustadora. Eles haviam trazido consigo do antigo local de adoração. Procurei por meu anjo para lhe perguntar qual era o nome da entidade. Mas ele, como se tivesse adivinhado meus pensamentos, me disse:

— Baal ou Moloque, como eles também chamam o deus-sol. Eles o adoram como o deus da tempestade e da fertilidade.

— Ah! Verdade! Como fui tola! Baal sempre foi o deus dos cananeus. Como pude me esquecer disso? Fui presa à toa!

Mas o anjo retrucou:

— Foi presa porque há muito tempo que você deixou de ler a Bíblia. Se não tivesse parado de lê-la, lembraria dessa informação. Muitos no seu tempo se perderão não por não conhecerem a verdade, mas por não se lembrarem mais do que leram, porque perderam o hábito de continuar a estudar a Palavra de Deus.

Eu corei de vergonha, então exclamei:

— Valha-me Deus! É verdade!

À minha frente estava Ninrode vestido como um rei, sentado em seu trono. Fui até onde ele estava e fiquei bem ao seu lado.

Anael também me acompanhou e me disse:

— Para garantir que não se meterá em mais nenhuma confusão por hoje.

Eu sorri e sussurrei em seu ouvido:

— Eles não podem me ver, esqueceu?

Ele virou-se para mim e falou:

— Ah! É. É que você me deixa desnorteado.

— Hummm! Sei. – Respondi sorridente

Enquanto conversávamos, jovens mulheres entraram dançando. Uma delas em vestido branco transparente. Todos se calaram, homens com vestiduras brancas e rostos pintados tocaram os tambores compassadamente enquanto as mulheres giravam com delicadeza, como bailarinas bem sincronizadas, de tempos em tempos fechavam o círculo tornando a se afastar novamente, numa harmonia maravilhosa.

Depois de algum tempo, os sacerdotes de Baal se dirigiram ao centro, dançando e emitindo uivos como se fossem animais, cortavam-se para invocar a presença de seu deus.

O alto sacerdote estava ao centro deles, suas roupas eram diferentes das dos outros. Ele trazia na mão uma taça cheia de um líquido, ergueu-a, os tambores pararam de tocar, apenas um permaneceu tocando suavemente e, com a taça erguida, ele pronunciou umas palavras desconhecidas para mim, em seguida bebeu o líquido de uma só vez.

Tocaram os tambores aceleradamente, e, sem nenhum aviso, o líder religioso caiu, debatendo-se como se estivesse em convulsão e, ao erguer-se, sua fisionomia estava transformada.

Seis mulheres entraram segurando cada uma delas um bebê. Elas entregaram essas crianças aos sacerdotes. Cada sacerdote colocou a criança na pedra, os tambores cessaram de tocar e o sumo sacerdote de Baal falou ininteligivelmente sem pausa. Os sacerdotes ergueram suas facas e sacrificaram as crianças.

Senti um arrepio subir pela minha coluna até atingir minha nuca, num frenesi incontrolável.

Outras crianças em vestidos brancos foram jogadas na fogueira pelas próprias mães. Os bebes gritavam de dor ao ter o corpo coberto pelas chamas. Fechei meus olhos para não ver aquela monstruosidade. As moças continuavam dançando ao o ritmo dos instrumentos musicais dinamizados a cada sacrifício. A multidão clamava e cantava até as pobres vítimas silenciarem para sempre.

As crianças sacrificadas na pedra foram sepultadas em locais estratégicos, formando um grande círculo. Então perguntei ao anjo:

— Por que estão enterrando as crianças desse modo?

Ele respondeu:

— É uma exigência demoníaca. Satanás é o próprio Baal. Ele fez com que esses povos acreditassem que dessa forma estão garantindo a prosperidade e felicidade nos empreendimentos.

Depois do sepultamento, as danças aumentaram. A jovem vestida de branco, ao terminar a dança, foi levada para o altar onde as crianças foram sacrificadas.

Eu perguntei:

— E agora, por que ela será sacrificada?

— Para que Baal conceda fertilidade à terra e a todas as mulheres daqui.

— E eles ainda adoram um deus assim? – Eu perguntei sem querer resposta.

— Para você ver no que a humanidade se tornou? Se esse povo que descendeu de Noé já está se comportando assim, imagine se Deus não tivesse mandado o dilúvio!

— É bom nem pensar! – Eu disse.

Depois do sacrifício da jovem, os sacerdotes se uniram às dançarinas, cantando e dançando, e todos os presentes também se uniram no ritmo dos instrumentos musicais.

Em meio a tantas danças, logo a cerimônia deu lugar às mais terríveis práticas sexuais. Saímos dali antes que a situação ficasse ainda mais depravada.

A construção da torre

No dia seguinte, todos estavam cansados demais para dar prosseguimento à obra. Muitos ainda estavam embriagados ou de ressaca, mas, assim que passou aquele dia, enormes blocos foram pilhados e unidos com piche, substância encontrada em abundância na região, a mesma que foi usada para vedar a arca.

Os dias se passaram, os compartimentos foram construídos um sobre o outro, dando lugar a um grande edifício, sendo que a base era mais larga e, à medida que ia subindo, se tornava mais estreita. Os primeiros cômodos serviam de habitação para os construtores.

A construção estava avançando rápido. Festas eram realizadas em comemoração aos deuses que conduzia o projeto. Satanás estava presente nesses rituais. Era ele quem estava por trás de tudo isso, Ninrode nada fazia sem primeiro o consultar.

Anjos celestiais subiam e desciam levando informações sobre a edificação, tanto da cidade quanto da torre. Era intenção dos edificadores que a cidade se tornasse um grande império independente de Deus, uma cidade que influenciasse todas as civilizações existentes na época.

Como a torre já tinha atingido uma determinada altura, homens foram colocados em níveis estratégicos para receber os pedidos de materiais e comunicar aos que estavam abaixo deles, e assim, sucessivamente, recados e materiais desciam e subiam de acordo com a demanda.

Eu me juntei a algumas mulheres e fui trabalhar na limpeza e ornamentação de um dos cômodos. Era uma sala ampla e bem ventilada, estava luxuosamente enfeitada com peças de artesanatos entalhados em madeiras e pedras e revestidos parcial ou totalmente de ouro, com pedras preciosas encravadas.

A princípio achei que fosse a residência de Ninrode, mas quando olhei mais atentamente, vi estátuas e objetos dedicados aos rituais religiosos, semelhantes aos objetos ritualísticos dos descendentes de Caim. Então percebi que se tratava de uma espécie de templo.

O anjo se aproximou e sussurrou ao meu ouvido:

— Desta vez, tente não se meter em confusão.

— Ok, vou ficar bem quietinha aqui, só observando.

Anael sumiu da mesma forma que apareceu.

Enquanto eu estava limpando, um homem entrou e nos disse:

— O chefe quer tudo brilhando.

— Sim senhor – elas responderam, eu apenas balancei a cabeça.

O homem saiu e voltamos a limpar a sala, nem me atrevi a perguntar nada.

Os anjos relatores

Enquanto eu limpava o lugar, de repente, era como se eu não estivesse mais ali. Eu estava num ponto elevado e de lá eu podia ver toda a planície, a movimentação dos construtores e o restante do povo na cidade.

Eu fiquei observando sem entender até poder ver que o lugar estava repleto de anjos bons e maus.

Uma voz soou atrás de mim:

— Venha comigo, Ângela, vou lhe mostrar mais de perto.

Eu me virei e vi Anael ao meu lado, balancei cabeça para cima e para baixo sem dizer absolutamente nada.

Primeiro ele me levou para a torre, onde Ninrode estava. um anjo relator estava ao seu lado e não parava de escrever. Fui até ele e perguntei:

— O que você está escrevendo?

O anjo interrompeu o que estava fazendo e me disse:

— Eu anoto tudo o que acontece com ele, inclusive seus pensamentos mais íntimos.

— E eu posso saber o que você anotou sobre ele?

— Claro! – disse-me o anjo – veja.

Eu olhei e estava tudo anotado, sua arrogância, como se sentia superior aos outros, seu orgulho e como se sentia importante pela construção que estava empreendendo, sentia-se como um deus.

Depois que li, perguntei:

— O que vai fazer com isso?

O anjo sorriu para mim e disse:

— Venha comigo e verá.

Ele me levou para o Céu. Ao chegar lá o anjo entregou seu relatório ao Pai e contou tudo o que se passava na torre. Outros anjos relatores também entregaram seus relatos sobre aquele povo.

A maioria absoluta dos relatos não eram favoráveis, o procedimento do povo era semelhante aos dos seus líderes. A planície de Sinear tinha abandonado completamente os ensinamentos divinos e promoveram a adoração de seres criados.

Orgulhavam-se de quem eles eram e do que tinham alcançado, sentiam-se superiores aos demais povos e intentavam dominá-los.

Eu ainda estava observando, quando Anael me chamou e disse:

— Venha, Ângela, tenho ordens para levar você a outro lugar.

O anjo me levou de volta a Babel, para a torre, mas eu, embora pudesse ver as pessoas, não conseguia ouvi-las. O anjo me levou para a sala dos deuses, a que eu estava limpando antes de ser levada.

Não havia ninguém na sala, eu caminhei por ela, olhando os objetos considerados sagrados, olhei para Anael e perguntei:

— Por que me trouxe aqui? A sala está vazia!

Anael fez sinal para eu me calar. Nesse momento meus olhos se abriram mais plenamente e eu vi que a sala não estava vazia, havia ali uma certa quantidade de anjos maus. Eu fui rapidamente onde estava Anael e sussurrei ao seu ouvido:

— O que está acontecendo aqui?

— Uma reunião – respondeu. – Estão aguardando o líder deles.

Ao ouvir isso, senti um arrepio subir pela minha coluna, arrepiando minha nuca e me fazendo tremer.

Não demorou muito para Lúcifer chegar. Ele parecia satisfeito. Assim que entrou, disse bastante sorridente:

— Está uma maravilha! A nossa torre está uma maravilha!

Um de seus anjos disse:

— Eu ainda não compreendo por que você está tão empolgado com essa torre.

— Isso é porque você é um completo idiota. Parece que os anos de convívio com esses vermes humanos lhe deixaram sem entendimento – respondeu o anjo mau, sem alterar o seu humor.

Sentou-se e disse:

— Aqui será a capital do nosso reino. Quando os outros povos virem o que eles construíram, farão o mesmo. E eles imitarão não apenas as construções como também as crenças. Em breve, meus amigos, teremos todos esses inúteis ao nosso lado. Os ensinamentos divinos morrerão para sempre e esse mundo será inteiramente nosso.

Um anjo ao seu lado disse:

— Isso se o Pai deixar, não?

O semblante de Lúcifer se fechou rapidamente ao ouvir essas palavras. Uma fúria incontrolável o fez tremer de ódio e, erguendo-se, disse:

— E o que Ele irá fazer? Heim? Diga-me o que ele irá fazer. Reunir seus soldadinhos pacatos contra nós? Aqueles cachorrinhos dóceis que nem sabem como usar um machado? Você só pode ser um imbecil!

Trêmulo, o anjo disse:

— E se Ele mandar outro dilúvio? A torre não ficará arruinada?

Satanás respirou fundo e verberou:

— Idiota! Você é surdo ou o quê?! Você não ouviu quando o Pai prometeu a Noé que não mandaria mais outro dilúvio?!

— Então, por que estamos fazendo uma torre tão alta? _ insistiu ainda em perguntar.

O anjo mau fixou o olhar nele sem acreditar no que estava ouvindo.

— Às vezes, acho que esses vermes humanos são mais inteligentes que alguns de vocês. Seu maldito e desgraçado, faz parte dos nossos planos que os seres humanos deixem de acreditar em Deus! A torre é uma prova física disso. Além de servir para impressionar os outros povos, essa construção fortificará esta nação e eles dominarão a todos. Em breve, todos nos adorarão como deuses.

Antes de terminar a reunião, Anael me levou de volta para o Céu. Tudo estava como na hora em que tinha saído, como se o tempo tivesse parado.

O Senhor ergueu-se de Seu Trono e disse:

— Nós iremos lá pessoalmente e resolveremos essa situação.

Os anjos se inclinaram em reverência.

A confusão

Sem nenhum aviso, me vi novamente no compartimento da torre com a mulher ao meu lado me chamando insistentemente:

— Moça! Moça!

Eu olhei para ela.

— Você está bem? – ela me perguntou – está aí parada, como se não estivesse aqui.

— Desculpe-me – eu disse baixando a cabeça – tenho isso de vez em quando, mas estou bem sim.

Eu voltei a limpar a sala. Quando tudo estava quase limpo, os sacerdotes entraram para ministrar suas oferendas e rituais. Assim que Ninrode entrou no compartimento, fiquei de costas para que ele não me reconhecesse. Assim que entrou, foi logo perguntando ao alto sacerdote:

— Naquele dia da cerimônia de iniciação da construção, eu mandei para você uma prisioneira com recomendações especiais e não a vi ser sacrificada à noite. Eu estava esquecido, mas ontem à noite não dormi muito bem e me lembrei dela. Então quero saber de você o que aconteceu a ela naquele dia. Por que ela não foi sacrificada como eu recomendei?

O sacerdote replicou:

— Ela não foi sacrificada porque o próprio Baal resolveu a situação, eliminando de nosso meio a feiticeira para sempre, pois, quando fomos buscá-la a jaula estava fechada, as amarras continuavam intactas, mas ela não existia mais.

Meio desacreditado Ninrode perguntou:

— E como você sabe que foi Baal que a exterminou e não que ela fugiu?

O sacerdote respondeu:

— Porque nada do que ela falou aconteceu e nem irá acontecer; porque Baal está satisfeito com as oferendas que o senhor ofereceu e a construção é um verdadeiro sucesso. Não se fala de outra coisa entre os povos vizinhos.

Com essa resposta, Ninrode ficou satisfeito e já ia saindo quando algo chamou sua atenção. Ele parou, virou-se em minha direção e disse num tom áspero:

— Você, vire-se para mim.

A jovem que estava ao meu lado, virou-se, mas ele respondeu:

— Não você, a outra ao seu lado.

Meu coração palpitou, um desespero percorreu meu corpo me fazendo suspirar, comecei a virar-me vagarosamente com a cabeça abaixada, rezando para não ser reconhecida por aquele homem tirano, mas, antes que eu me virasse totalmente, um soldado entrou e disse apressadamente sem se quer esperar autorização:

— Senhor, há algo errado na torre. A construção estava avançando rapidamente e o povo estava alegre com o avanço da obra, mas alguma coisa aconteceu. O senhor precisa vir comigo imediatamente.

O soldado estava desesperado. Saíram rapidamente e eu respirei aliviada, mas os segui, mantendo sempre uma pequena distância. Então ouvi o soldado informar a Ninrode:

— Hoje, quando o sol nasceu no horizonte, os construtores se dirigiram à torre, cada um ao seu posto para continuar a obra, como acontece todos os dias. Tudo parecia normal, até começarem os pedidos de materiais – o soldado deu uma pausa, parecia angustiado.

Ninrode, impaciente, perguntou:

— O que aconteceu quando os pedidos foram feitos, homem, fale logo?

— Os materiais recebidos eram diferentes do que os construtores haviam pedido.

— Diferentes como?

— Diferentes, senhor! Em um dos compartimentos foi solicitada cal e o que entregaram foi uma vaca! A princípio isso causou apenas transtornos, mas em pouco tempo começou a confusão e uma discussão incontrolável se iniciou, a ponto de começarem a brigar violentamente.

Quando Ninrode chegou ao local da obra com os soldados, a confusão já havia se transformado em sangrentos conflitos. Os soldados lhe disseram:

— Senhor, não conseguimos nos entender mais. Um não sabe o que o outro está dizendo! O caos se instalou entre nós.

Ninrode então exclamou:

— A maldição da feiticeira!

Antes que os soldados lhe pedissem alguma explicação eu respondi atrás dele:

— Não foi a minha maldição, Ninrode! Foi o Deus verdadeiro que vocês rejeitaram. Ele acabou com o seu empreendimento. Você está destruído, sua torre nunca será concluída, seu império não passará de uma piada entre os povos.

Ninrode virou-se para mim e gritou com ódio no olhar para seus soldados:

— É a maldita feiticeira! Matem-na!

Os soldados olharam um para o outro, como se não tivessem compreendendo uma só palavra. Ele repetiu a ordem várias vezes, mas como da primeira vez, também não foi atendida e eu comecei a descer a torre, me afastando das confusões, passando por pessoas feridas, agonizando e outras mortas.

Ninrode caminhou em direção ao soldado e pegou sua espada para me ferir, mas eu já estava distante o suficiente para não ser atingida por ele.

Em instantes a planície de Sinear estava manchada com o sangue de seus construtores.

Assim que atingiu a planície, um estrondo enorme repercutiu em todo o lugar, fazendo os exaltados construtores tremer. Um raio ziguezagueou do céu ao topo da torre, quebrando-a, lançando sobre os enfurecidos habitantes da planície grandes e pequenos blocos de pedra, ferindo a muitos.

A construção acabou, a briga cessou. Os membros de uma mesma família que conseguiam se entender, uniram-se e abandonaram o lugar, indo para o mais distante que podiam, deixando inacabada a construção.

Família após família se espalhou, cada grupo falando um idioma, alguns deles seguiram em direção ao que é hoje o continente africano, outros seguiram para a terra que ficou conhecida como a terra de Canaã.

Esses povos seguiram os ensinamentos de seus descendentes, a maioria deles seguindo o que aprenderam com seus ancestrais Cam e Canaã, adoravam diversos deuses. O livro Patriarcas e Profetas relata: *"A apostasia de Canaã desceu às mais degradantes formas de paganismo. Posto que a maldição profética os condenasse à escravidão, esta condenação foi retida durante séculos. Deus suportou sua impiedade e corrupção até que eles passaram os limites da longanimidade divina. Então foram despojados, e se tornaram escravos dos descendentes de Sem e Jafé "*. **Patriarcas e Profetas, p. 75.**

Essa profecia se cumpriu ao longo da história, quando os povos africanos foram maltratados e escravizados pelos europeus, descendentes de Sem e Jafé.

A religiosidade desses povos, adorando divindades, baseada em superstições, feitiçarias, etc. Comprovam o afastamento deles dos ensinos e costumes divinos e pagaram um preço muito alto.

Ao contrário do que muitos pensam, Noé não amaldiçoou a descendência de seu filho mais novo. Ele previu a que pecados as escolhas de seus descendentes levariam. Essa profecia era condicional, caso eles não seguissem os caminhos dos ancestrais, nada disso aconteceria, como escreveu Ellen G. White: *"A profecia de Noé não foi uma manifestação arbitrária de ira ou uma declaração de favor. Ela não fixou o caráter e destino de seus filhos. Mas mostrou qual seria o resultado da conduta de vida que cada um havia escolhido, e o caráter que tinham desenvolvido. Era uma expressão do propósito de Deus para com eles e sua posteridade, em vista de seu próprio caráter e conduta. Em regra, os filhos herdam as disposições e tendências dos pais, e imitam-lhes o exemplo, de modo que os pecados dos pais são praticados pelos filhos de geração em geração. Assim a vileza e irreverência de Cão foram reproduzidas em sua posteridade, acarretando-lhes maldições por muitas gerações. "Um só pecador destrói muitos bens" (**Ec 9:18**)"*. **Patriarcas e Profetas, p. 75 e 76.**

Aquelas gerações passaram para seus descendentes aquilo que lembravam sobre o começo da criação e sobre o Dilúvio. Então compreendi porque histórias semelhantes à do Dilúvio e à da criação existem em quase toda parte do mundo, comprovando não apenas esses acontecimentos, mas também que o mundo se originou de uma única família.

A Europa e a Ásia foram povoadas pelos jefetitas e pelos semitas, principalmente a região que compreende o Oriente Médio, o continente Americano foi povoado por jefetitas que cruzaram o estreito de Bering e se espalharam pelo continente.

Hoje compreendo porque povos de todas as etnias consideradas puras por ideologias arbitrárias apresentam em seu DNA heranças genéticas de outros povos. Somos um único povo, sempre fomos.

À medida que as pessoas iam se multiplicando, a maldade e a apostasia também aumentavam.

O anjo se aproximou de mim e me disse:

— Vamos, Ângela, não há mais nada relevante para vermos aqui. Vamos seguir nossa viagem.

Eu o acompanhei e ele me levou para ver como viviam as gerações posteriores à torre de Babel.

A apostasia se espalha

O tempo passou e o povo de Deus, novamente, se afastou do Senhor, buscando seus próprios interesses. A influência do filho mais novo de Noé foi tão maléfica que mesmo muitos dos descendentes de Sem e Jafé se tornaram politeístas, outros, misturaram crenças pagãs aos rituais da adoração ao Verdadeiro Deus.

A Terra toda parecia afundada nas trevas do pecado mais uma vez, parecia estar mergulhada na idolatria. Santos anjos levavam relatos terríveis ao Céu.

O anjo me disse:

— Venha, vamos ver o que estas informações estão causando no Céu.

Antes que eu dissesse qualquer coisa, me arrebatou e me levou ao Céu. Cheguei a tempo de ouvir um dos anjos relatores falar:

— Senhor, a humanidade está cada dia mais obstinada e rebelde. Os semitas e jefetitas, semelhantes aos camitas, estão adorando vários deuses; altares de adoração a Baal são erguidos em todos os lugares, as florestas estão cheias de altares pagãos, cultos são oferecidos a Satanás nesses lugares, homens e mulheres se prostituem nesses cultos e as crianças que nascem dessa relação, muitas das vezes, são sacrificadas nos próprios rituais.

Os outros anjos, ouvindo o relato, ficaram abismados. Anael dirigiu-se ao Trono, ajoelhou-se e disse em nome de todos:

— Meu Senhor, tem certeza de que este povo merece o Seu sacrifício? Tem certeza de que não será em vão tudo o que o Senhor realizará em prol deles? Talvez não haja ninguém que O adore verdadeiramente na Terra!

Eu olhei para o Anael, que estava ao meu lado. Decepcionada com ele, perguntei:

— Como você pôde dizer isso?

Ele me respondeu:

— Não tire conclusões precipitadas como as que eu e outros anjos tiramos nessa época. Há coisas, Ângela, que você só compreenderá quando chegar a ver tudo o que Deus tem para lhe mostrar.

Calei-me e voltei a observar a cena que se passava à minha frente. Então, Jesus respondeu a Anael e aos outros anjos:

— Meus filhos queridos, embora a humanidade se mostre cada vez mais perversa e desobediente, sempre haverá adoradores fiéis, ainda que sejam poucos, e, por esses farei tudo que for possível para salvá-los.

Ao pronunciar Jesus essas palavras, recordei-me do que Anael havia me mostrado antes de me trazer para o Céu. Então eu disse ao anjo:

— Pensando bem, você e os anjos têm razão. Todos se corromperam, não há ninguém sobre a face da Terra que busque a Deus. Nós mesmos vimos isso. O mal se espalhou entre os filhos de Deus.

E ele me respondeu:

— Não. Não temos razão. Há alguém, sim, Ângela, que teme a Deus!

— E onde estava este adorador que eu não vi? Perguntei.

O Anjo me respondeu:

— Venha comigo e eu lhe mostrarei.

Balancei afirmativamente a cabeça, Anael me segurou e me levou, como se fosse um raio cruzando o céu, para uma cidade chamada Uz.

A vida de Jó

Assim que chegamos a Uz, o anjo me perguntou:
— Sabe quem habita nesta cidade?
Eu respondi sorridente:
— Sei sim, Jó, disso, pelo menos, eu ainda me lembro.
— Que bom, Ângela! Nem tudo está perdido em você!

O anjo me respondeu com um sorriso nos lábios. Seguimos para a casa de Jó. Seus dez filhos ainda moravam com ele. Todos os dias o ancião acordava de madrugada e ficava bastante tempo sozinho em oração. Quando o dia estava amanhecendo, acordava toda a família para adorarem o Deus Criador dos Céus e da Terra.

Jó e sua esposa cuidavam diligentemente da educação de seus filhos. Corrigiam, desde bem cedo, os desvios de conduta. A disciplina fazia parte do cotidiano da família, nenhum malfeito passava despercebido e o amor não era negligenciado. Essa dosagem de justiça e amor que existia na casa de Jó era a receita do sucesso alcançado na educação das crianças.

Ele se destacava entre seus conterrâneos tanto pela sua prosperidade como pela sua vida íntegra, honesta, e, principalmente, por ser temente a Deus e se desviar do mal. Ele era um excelente pai e marido, além de ser um homem muito inteligente e querido na comunidade.

Jó não se preocupava apenas em ensinar seus filhos, ele dedicava parte de seu tempo à instrução de seus conterrâneos e todos o buscavam para ouvir seus sábios conselhos. Entre estes estavam Elifaz, Bildade e Zofar, seus alunos e amigos.

Todos se impressionavam com o seu conhecimento extraordinário. Ele explicava assuntos complexos de uma forma simples e clara que até crianças podiam entender perfeitamente.

Enquanto eu estava observando a vida reta e íntegra de Jó, o anjo me chamou e disse:

— Ângela, venha comigo. Você foi convidada para uma festa no Céu.

Festa no Céu

O anjo me conduziu de volta à morada de Deus, o Céu estava em festa, repleto de anjos e outros filhos que habitavam os diversos planetas espalhados no universo. Então exclamei:

— Anael, quanta gente! Quem são estes?

Ele me respondeu:

— Os príncipes de todos os mundos, menos, é claro, do seu planeta. Estão aqui para adorar o Criador. Os filhos de Deus que habitam os vários mundos que não pecaram, vêm periodicamente ao Céu para adorarem a Deus. (**Jó 1:6**).

— Sério? Eu achava que esses filhos de Deus descrito em Jó 1:6 eram vocês. Perguntei

— Nós?! Mas nós já vivemos com o Senhor e apresentamo-nos a Ele constantemente. A referência ali é a um grupo de filhos de Deus que não vivem no Céu e que vêm de tempos em tempos perante o Criador.

Eu não disse mais nada. Balancei a cabeça afirmativamente e continuei olhando esses filhos de Deus entrando no Céu para a grande festa. Eu estava tão focada neles que nem notei Jesus aproximar-se de mim. Só quando Ele falou, foi que notei.

— Está vendo aquele ali, entre os meus filhos?

Eu sorri ao vê-Lo. Jesus, quando Deus, apresenta uma estatura muito elevada, superior a todos. Não podemos ver a glória de Deus, por isso Ele assume a forma de arcanjo, para que os anjos possam olhá-lo. Eu olhei na direção indicada por Cristo e não vi nada demais. O Senhor, contudo, disse:

— Abra bem seus olhos.

De repente, minha visão se abriu e eu pude ver Satanás disfarçado entre a multidão. Tomada de surpresa, perguntei:

— O que ele está fazendo aqui? Ele também foi convidado? Vai poder entrar e participar da festa como os outros?

— Não. – respondeu Jesus – Ele não foi convidado e não vai poder entrar para a festa, mas, ele tenta fazer isso insistentemente, achando que tem esse direito.

— E por que ele se acha no direito de estar aqui hoje? Por que era um anjo de Deus?

— Venha comigo – me disse Jesus – veja por si mesma.

Acompanhei o meu Salvador até o portal principal do Céu. Ele se posicionou ao lado do Portal e, quando Lúcifer tentou entrar com os outros, Ele o barrou com uma pergunta que fez todos ao redor parar o que estavam fazendo:

— O que você está fazendo aqui, Lúcifer? Você foi expulso do Meu Lar para nunca mais voltar.

Satanás, então, não podendo mais se esconder, objetou:

— Vim reivindicar o meu lugar nessa festa como representante legal da Terra. Eu fui o vencedor da guerra, estou no lugar de Adão, sou o príncipe de lá, tenho o direito de estar aqui tanto quanto os outros.

Cristo rebateu:

— Não! Você não tem o direito de estar aqui. Você usurpou para si este posto por meio da astúcia, mas, nunca será aceito aqui no Céu como príncipe deles. Enquanto houver na Terra uma única pessoa que não lhe aceite como príncipe, você não os representará; não basta ter a maioria ao seu lado, precisa ter a totalidade para obter o governo da Terra.

Mas ele retrucou:

— Eu tenho a totalidade, pois tenho rodeado e passeado pela Terra e não há ninguém nela que não me aceite como soberano, todos me honram e me querem como o rei deles. Como vê, tenho o direito de representá-los.

Jesus, por sua vez, disse com autoridade:

— Não é verdade, por mais que o pecado tenha se espalhado sobre a Terra, ainda existe o meu remanescente fiel.

Ao falar essas palavras, vi no rosto de Lúcifer um sorriso de desdém. Com desdém perguntou:

— Ah! É? Quem então? Não há ninguém que lhe aceite. Ninguém. Entendeu?! É tão difícil assim para você aceitar que não é querido e adorado por todos os seres que você criou? Por que insiste em querer de volta o que se tornou meu como despojo de guerra? Eles me escolheram, vivem como eu quero que vivam, são depravados, homicidas, avarentos. São meus!

Satanás falava a plenos pulmões, pois era seu desejo que todos os que estavam presentes escutassem suas palavras. Muitos dos que ali estavam acreditavam que Jesus não deveria se sacrificar pelos habitantes da Terra, pois acreditavam que não havia ninguém que O adorasse. Entre esses estava também Anael.

Jesus balançou a cabeça para um lado e para o outro e disse:

— Ah! Há sim! Suas mentiras não cabem aqui. Você já viu o meu servo Jó? Não há ninguém sobre a Terra como ele, homem íntegro e reto, ele nos teme e se desvia do mal, ele e sua família são os meus remanescentes fiéis.

Enfurecido, Satanás respondeu a Jesus:

— Ah! Jó, é claro! Eu havia me esquecido dele – ele deu um leve e irônico sorriso – o fiel Jó! É isso que o Senhor diz para os seus capachos? Não é à toa que ele lhe serve? Você o cerca de bens e abençoa tudo que ele faz. Assim, até eu o adoraria! Eu quero vê-lo lhe servir se o Senhor tirar tudo que ele tem. Deixe-o sem nada e eu tenho certeza que ele vai lhe amaldiçoar, na sua face e mostrar quem realmente ele é?

Jesus lhe respondeu serenamente, o que o deixava ainda mais irritado:

— Isso é o que você pensa e tenta enganar a muitos, mas você está enganado. Jó me serve e é fiel a mim unicamente por amor.

— Será mesmo? – ele perguntou com desdém – deixe-o pobre, sem nada para a gente ver se é assim mesmo. Você pode enganar esses seus bonequinhos com esse seu discurso, mas a mim, não. É fácil servir a Deus quando se é recompensado, mas quero ver se continuará lhe servindo se tudo for tirado, porque os seres humanos só fazem algo por interesse em receber alguma coisa em troca. Eu os conheço muito bem.

Jesus disse:

— Isso é o que você tenta incutir na mente de todos e é dessa forma que você consegue seus adoradores, mas eu não sou assim, eu não sou como você, não compro meus filhos, não uso de artimanhas para enganar, nem concedo favores em troca de lealdade. Jó é um bom exemplo de que seus argumentos não são verdadeiros, de que nem todos os seres humanos têm seu preço. Eu conheço o meu servo, não preciso deixá-lo sofrer para que eu saiba que ele me serve por amor, mais estes que aqui estão não são oniscientes como Eu. É por amor a estes que aqui estão ouvindo suas falsas acusações que permitirei que você retire dele tudo que ele tem, todas as suas riquezas, só não estendas as mãos sobre ele. Assim, provarei para os meus filhos leais que Eu tenho adoradores verdadeiros na Terra.

Satanás saiu apressado, resoluto no que faria. Muitos dos que estavam ali acreditavam que o sacrifício que Jesus faria para salvar os habitantes da Terra seria inútil, porque esses habitantes não queriam ser salvos. O resultado final desse caso colocaria um fim nessa discussão. Todos no Céu estavam interessados no desfecho dessa história.

Eu estava atenta aos acontecimentos quando o anjo me segurou pela mão e disse:

— Vamos, Ângela. Vamos voltar para Uz e ver o que vai acontecer por lá.

Antes que eu dissesse qualquer coisa, o anjo me segurou e saiu como um raio em direção à Terra e em pouco tempo eu estava na mesma cidade de antes. Pensei: Por que ele sempre faz isso? Ao menos poderia me avisar primeiro para eu me preparar para essas viagens repentinas?

O sofrimento de Jó

Olhei ao redor e vi que a cidade era a mesma, mas o local, não. O anjo me informou que eu estava num dos pastos de Jó, onde os bois e jumentas pasciam sob os cuidados dos servos. Estavam gordos, os melhores da região. Seus servos o serviam com satisfação.

Anael se aproximou de mim e disse:

— Ângela, olhe para a direita.

Levantei os olhos na direção indicada, vi algo parecido uma nuvem de poeira que se aproximava com rapidez. Aproximei-me da tempestade de areia para ver melhor o que ela trazia. À medida que se aproximava, percebi que não se tratava de uma tempestade, mas de uma caravana de ladrões!

O anjo atrás de mim, gritou:

— Corra, Ângela! Corra e se esconda em algum lugar.

— Esconder-me? Onde? Perguntei aflita.

Fiquei apavorada. Correr eu até podia, mas me esconder era o problema! O local não oferecia essa possibilidade, mesmo assim continuei correndo. Corri o mais rápido que pude e em desespero me joguei no chão esperando não ser vista.

Os pastores também já tinham avistado o perigo e se dividiram para tentar proteger os rebanhos. Dois deles juntaram os animais para tirá-los dali, enquanto os outros puxaram suas espadas e lutaram bravamente, porém, estavam em menor número e acabaram sendo mortos pelos salteadores.

Após matar os pastores, cavalgaram rapidamente na direção do rebanho que tentava se distanciar; mataram os outros dois e capturaram os rebanhos.

Depois que eles fugiram, aproximei-me dos servos. Estavam todos mortos, seus corpos sem vida, estavam largados no chão, o sangue deles manchava de vermelho o solo arenoso.

Olhei para o anjo e disse:

— Estão todos mortos!

Anael me respondeu:

— Olhe mais à sua frente.

Eu olhei e vi um dos pastores tirando de cima dele um companheiro e correndo apavorado na direção da casa de seu senhor. Eu também comecei a correr na mesma direção, mas o anjo me alcançou e me levou para outro lugar, onde estavam as ovelhas.

Ao chegarmos, fui onde estavam os animais comendo uma grama verdinha e macia, que ficava num oásis. Embora o sol estivesse escaldante, os pastores estavam a olhar alguma coisa no céu. Eu olhei e perguntei a Anael.

— O que é aquilo no céu? Parece que está vindo em nossa direção.

O anjo me disse:

— Saia já daí, Ângela! não é para você estar entre os animais.

Quando olhei novamente para o céu, vi uma bola de fogo cair fazendo um barulho horrível e espalhando poeira e fumaça no ar. Eu saí dali rapidamente.

Os pastores tentaram tirar os animais assustados que, aos berros, corriam em direções opostas, dificultando o trabalho daqueles homens.

As pedras atingiram os trabalhadores, matando-os na hora. As bolas incandescentes consumiram tudo e todos, apenas um deles conseguiu se salvar, porque havia se afastado o suficiente do grupo. Ele correu na direção da casa de Jó para avisá-lo.

Em seguida o anjo me levou para o lugar onde ficavam os camelos. Ali, vi os pastores cuidando dos animais, sem se darem conta do perigo. Um grupo de caldeus, armados com espadas e lanças, se dividiram em três bandos e os cercaram, de modo que quando os trabalhadores notaram a presença dos inimigos não havia mais para onde fugir. Eles mataram aqueles pastores e capturaram o rebanho. Apenas um pastor escapou, porque fingiu estar morto. Ele voltou para seu senhor, para contar o ocorrido.

Depois disso, o anjo me levou para o local onde os filhos de Jó estavam comendo. Seus dez filhos estavam todos juntos e felizes. Eu me aproximei e por estar invisível aos olhos deles, fiquei mais confortável. Eles estavam cantando, louvando a Deus alegremente. Eram todos muito unidos e se preocupavam uns com os outros.

O anjo se aproximou e me disse:

— Vamos lá para fora, Ângela.

Eu o acompanhei, nós nos sentamos embaixo de uma árvore e ficamos ali, sem dizer uma só palavra por algum tempo, até que o anjo quebrou o silêncio:

— É muito difícil para eu ver isso tudo de novo.

Então lhe perguntei:

— Por que você não queria que Jesus nos salvasse?

Ele fez silêncio por algum tempo, o vento fazia um uivo, levantando poeira ao nosso redor. Seu silêncio era profundo, carregado de sentimentos, mas, por fim, respondeu:

— É porque os relatos que chegavam da Terra pelos anjos relatores eram os piores possíveis: pais sacrificando seus filhos em rituais satânicos, mortes torpes, sem motivos aparente, bebedeiras, roubos, sexualidade pervertida e depravada, filhos rebeldes... A lista tem sido grande. Eu e muitos outros anjos não acreditávamos que existisse na Terra alguém como Jó, mas, quando presenciamos a vida dele, mudamos de opinião. Você compreende? Era difícil para nós aceitar que o nosso Criador e Mantenedor, nosso Pai, nos deixaria por um tempo para viver com vocês e como um de vocês. Seríamos privados da companhia dEle para salvar um povo que não merecia ser salvo! Mas, Jó nos mostrou o contrário. A história de Jó emociona mesmo, me sinto um pouco culpado por isso, mas também agradecido. Quando nos reencontrarmos no Grande Dia, quero dar-lhe um abraço e agradecer a ele pela fidelidade que teve.

Anael abaixou a cabeça, segurando o rosto. Aproximei mais e coloquei minha mão direita em seu ombro. O vento uivava um pouco mais forte, emaranhando meus cabelos ainda mais. Mantive-me em silêncio. E, assustada com agora via, arregalei os olhos e agitei o ombro de Anael. Ele ergueu a cabeça e, antes que eu pudesse dizer alguma coisa, ele me disse:

— Corra!

Eu corri para a esquerda de onde eu me encontrava e ele... nem sei! Um furacão vindo do deserto trazia ventos fortes e areia. Aproximava-se com rapidez. Se o anjo não tivesse me tirado dali, eu teria sido arremessada a uma grande distância pela força do vento.

De um ponto alto do deserto, vi a morada onde estavam os filhos de Jó ser toda destruída, matando todos que estavam dentro dela. Quando o vento cessou, aproximei-me dos escombros. Que tristeza! Quanta destruição! Eu caminhei ao redor do local e, de repente, algo se mexeu por baixo dos entulhos. Olhei para o anjo, mas ele permaneceu calado, com uma indicação de que eu deveria continuar olhando. Voltei a olhar para o local e vi um dos servos do filho mais velho de Jó conseguir sair de debaixo dos destroços. Ele estava com o corpo todo machucado, coberto de poeira, com a roupa ensanguentada, mas, mesmo assim, o rapaz começou a procurar desesperadamente por mais algum sobrevivente.

Enquanto lutava contra o tempo para remover os destroços, chorava de angústia mais do que de dor. Depois de algum tempo ele encontrou um dos filhos de Jó, mas já estava morto.

O jovem retirou um por um, até tirar todos os corpos, tanto dos servos quanto dos filhos de seu senhor, mas nenhum estava com vida. Ao vê-los assim, sentou-se no chão e chorou de amargura e tristeza. Ele gritava de horror enquanto chorava. Depois de algum tempo, ergueu-se e foi contar a Jó o ocorrido.

Anael me levou até a casa do fiel servo de Deus. Ele estava orando, mas, não demorou muito e o primeiro servo chegou e contou o que tinha acontecido. Antes de ele terminar, chegou o outro, e um por um foram chegando os servos sobreviventes para dar as más notícias.

Por último chegou o rapaz que sobreviveu ao ciclone e lhe deu a pior de todas as informações. Ao ouvir o que havia acontecido a seus filhos, Jó rasgou seu manto e rapou a cabeça em sinal de tristeza profunda, e disse:

— Nu saí do ventre de minha mãe, e nu tornarei para lá; o Senhor me deu e o Senhor o tomou; bendito seja o nome do Senhor.

A tristeza dele era muito profunda. Num único dia, perdeu todos os seus bens, seus servos e seus filhos, mas nem por isso abandonou sua fé.

Os corpos dos filhos e servos foram recolhidos e o velório deu-se na casa grande. Havia tantos mortos que não couberam todos dentro de casa. O lar de Jó se encheu de pessoas que vieram de todos os lugares para lhe prestar apoio e ver se o que estava acontecendo a ele era verdade mesmo. As famílias dos servos também estavam presentes, não houve quem não chorasse diante de tanta destruição.

Os mortos foram sepultados com muito pesar. A mulher de Jó estava inconsolada no funeral. Por várias vezes perdeu o sentido. Nunca se vira tanta desgraça em um único dia, numa única casa.

As pessoas murmuravam entre si, se perguntando se o que estava acontecendo à família era na verdade castigo de Deus. Perguntavam-se como um homem como Jó, irrepreensível, poderia sofrer tanta desgraça.

O tempo passou. Jó teve que se adaptar à sua nova vida. Precisou recomeçar do zero. Agora era um homem pobre e a única coisa que lhe restara eram as terras que possuía, terras devastadas, sem animal algum e sem servos para cuidar.

Muitas vezes o vi chorar, sentindo falta de seus amados filhos. Sua mulher levou bastante tempo para voltar às suas atividades. Na casa de Jó não havia mais alegria.

Mesmo em meio a tanto sofrimento, ele não pecou, nem atribuiu a Deus falta alguma e não deixou de adorar ao Senhor. Muito pelo contrário, seu sofrimento o fez se aproximar ainda mais de seu Criador.

Quantos de nós abandonamos o barco, quando este é atingido pela primeira onda? Quantos de nós culpamos a Deus pelas coisas ruins que nos acontecem? A vida de Jó é um farol em meio a escuridão para cada um de nós. Sua fé inabalável, mesmo diante de tanta desgraça, é um exemplo a ser seguido.

Depois de algum tempo, o anjo me levou novamente ao Céu. Os filhos de Deus estavam chegando para apresentar-se a Ele e, entre eles, de novo estava o diabo, questionando seu suposto direito de representar a Terra. Deus, então, lhe perguntou:

— O que você está fazendo aqui? Já lhe disse que aqui não é o seu lugar. Não adianta se disfarçar. Ninguém pode me enganar. Você ainda não aprendeu isso?

— Já aprendi, sim. Só não aceito ser injustiçado. Eu vim para a festa. Tenho direito, pois estou no lugar de Adão. A Terra é toda minha e, segundo as regras, sou o representante legal de lá.

— Mas não é mesmo! – asseverou Jesus – De onde você vem? Será que não observa?

A que ele respondeu:

— Eu tenho rodeado a Terra e passeado por ela e não vi ninguém lá que temesse ao senhor, logo, eu sou o representante da Terra e tenho o direito de estar aqui.

Mas Ele contestou:

— Você viu o meu servo Jó? Porque ninguém há na Terra semelhante a ele, homem íntegro e reto, temente a Deus e que se desvia do mal, e que ainda retém a sua sinceridade, mesmo depois que você me incitou contra ele, para o consumir.

Mas, Satanás lhe respondeu:

— Ele não lhe nega porque goza de boa saúde. Deixe-o enfermo, sofrendo e verás se para recuperar a saúde ele não será capaz de qualquer coisa e se não a conseguir, ele blasfemará na tua face!

O Senhor respondeu:

— Eis que ele está na sua mão; só não terá o direito de matá-lo.

Ao ouvir isso, arregalei meus olhos e exclamei:

— Senhor, como podes permitir isso ao teu servo? Ele é o filho mais fiel que o Senhor tem na Terra?

Ele me respondeu:

— Não é fácil para Eu permitir isso, Ângela. Não sinto prazer nessas maldades, mas o testemunho de Jó é para desfazer muitos argumentos do diabo. O testemunho desse meu servo salvará a muitos em todas as épocas. Por meio da experiência dele muitos entenderão que nem toda aflição é resultado de pecados cometidos pelos afligidos. Nessa terrível história, a verdadeira face de Satanás é revelada não só na Terra, mas em todo o Universo.

— Mesmo assim, Senhor! O Senhor sabia da fidelidade dele e, ainda assim, deixou que o diabo o atacasse! Lamentei.

— Permiti. Eu sempre soube da fidelidade de Jó e por isso mesmo permiti, se ele não fosse forte o suficiente, Eu não teria permitido. Eu sabia da fidelidade dele, mas os anjos que me servem e servem a vocês não sabiam; nem vocês. Satanás me acusou de comprar a fidelidade de Jó. Se eu não tivesse permitido isso, boa parte dos anjos e da própria humanidade acreditaria em Lúcifer.

Eu baixei minha cabeça e fiquei um tempo assim, tentando compreender. Eu sabia que o Senhor tinha razão, tudo isso era necessário. Jó se tornou semelhante a um álibi para Deus.

Depois disso, o anjo me levou para a casa de Jó. Ao chegarmos lá, encontrei-o extremamente doente. Sua pele estava cheia de feridas, da cabeça aos pés havia tumores de vários tamanhos que lhe causavam imensa dor. De seu corpo exalava um mau cheiro de pus insuportável. Ao me aproximar, senti náuseas, não dava para ficar muito perto, então me afastei cerca de dois metros. As feridas lhe causavam uma dor terrível, que o faziam gemer dia e noite sem obter consolo. E para piorar a situação seu corpo coçava incontrolavelmente. Ele se coçava sem parar. Em agonia, pegava um caco de telha para raspar a pele, fazendo as chagas sangrarem e doerem ainda mais. Era de cortar o coração vê-lo assim.

Sua esposa, sem suportar toda aquela aflição e sem saber mais o que fazer para aliviar seu sofrimento e diante de tudo que já lhes haviam acontecido em tão pouco tempo, disse em desespero:

— Ainda reténs a tua sinceridade? Amaldiçoa a Deus e morre.

Sua voz saiu embargada de tanto sofrimento. Dava para ver que não desejava a morte de seu amado, mas não suportava mais vê-lo assim, era demais para ela.

Pacientemente Jó lhe respondeu, como a lhe consolar:

— Você fala como se fosse doida; recebemos de Deus o bem e não receberemos o mal?

Sua mulher o deixou por algum tempo, indo para sua residência para chorar longe de seus olhos. Ela não esperava que ele sobreviveria por muito mais tempo e isso lhe aumentava a tristeza.

Quando eu ouvi a resposta de Jó, lembrei-me de como reagi à doença de meu pai. Como fui infiel e fraca. Baixei minha cabeça triste e envergonhada. Senti o calor de uma lágrima rolar pelo meu rosto. Não sei dizer se chorei de saudade de meu pai, ou se chorei porque não fui tão firme como Jó.

Os amigos de Jó

A notícia da doença de Jó se espalhou pela vizinhança e alguns amigos vieram visitá-lo. Eram eles: Elifaz, o temanita; Bildade, o suíta e Zofar, o naamatita. Eles ainda estavam longe quando os avistei. Ao se aproximarem e notarem a situação em que o amigo se encontrava, rasgaram seus mantos e jogaram pó em suas cabeças em sinal de tristeza e choraram amargamente. Impossível haver quem não chorasse diante da situação daquele homem.

Durante sete dias não falaram nada. Permaneceram calados sem saber o que dizer ou como dizer. Por fim, foi o próprio Jó quem quebrou aquele silêncio. Em sua angústia, ele desprezou o dia do seu nascimento, desejou ter nascido morto ou que tivesse morrido ao nascer, porque se isso tivesse acontecido, ele teria descansado, não teria passado por toda essa aflição e no dia da ressurreição, ele ressuscitaria para viver no paraíso.

Ao ouvir essas palavras, Elifaz o repreendeu. Ele reconheceu o trabalho de Jó em ensinar as pessoas quando disse: "Eis que tens ensinado a muitos e tens fortalecido mãos fracas. As tuas palavras têm sustentado aos que tropeçavam, e os joelhos vacilantes tens fortificado". (**Jó 4:3,4**). Contudo, Elifaz, Bildade e Zofar atribuíram a pecados cometidos por Jó o motivo de seu sofrimento. Para eles, tudo não passava de um castigo merecido e aconselharam-no a buscar a Deus verdadeiramente. Esses amigos culparam-no por tudo que havia acontecido a seus filhos e bens.

Jó justificou suas queixas, e mostrou que seu sofrimento não estava relacionado a nenhum pecado. Ele era um homem temente a Deus e explicou para os seus amigos que ele não sabia a causa de estar passando por tão grande sofrimento.

Seus amigos rebatiam cada palavra dele com acusações e procuravam fundamentar-se nos ensinamentos de Deus. Eles usaram a palavra de Deus para torturar o mais fiel dos servos Dele.

Bem assim somos nós. Fazemos uso da Bíblia para irritar e ofender pessoas, para culpá-las por tragédias como se pudéssemos ver tudo que está escondido, como se coubesse a nós tais julgamentos. Jó estava sozinho, sendo torturado psicologicamente por três de seus melhores amigos e alunos e isso aumentava-lhe a angústia; não lhe traziam nenhuma paz ou conforto.

Eu estava observando a conversa, quando percebi que um homem se aproximou do grupo. Estava atento àquela prosa, tratava-se do jovem Eliú. Quando Eliú viu que os três amigos de Jó não tinham mais argumentos para o convencê-lo de seus pecados, ele mesmo tomou a palavra e repreendeu a Jó, porque este se considerava inocente e culpou aos demais por não possuírem argumentos convincentes e se calarem por completo. Ele afirmou que Deus não ouve os aflitos porque estes não têm fé. Em suas palavras, confirmou que o problema de Jó era não ser justo, pois do justo Deus não tira os Seus olhos.

Eliú apenas confirmou o que os outros já haviam falado. A conversa estava desgastante quando, então, um redemoinho se deteve à frente de todos e do meio dele uma voz se ouviu. O Senhor veio em socorro de sua fiel testemunha e o convenceu de sua ignorância em muitos mistérios para argumentar com Deus sobre qualquer coisa, pois em sua fala, Jó se mostrava desejoso de dialogar com Ele sobre sua desgraça, mas ao perceber sua ignorância, desistiu.

O soberano do universo repreendeu os amigos de Jó, porque as palavras deles não representavam o Seu caráter. Eles haviam-nO apresentado como um Deus vingativo e cruel, ao invés de destacar que Ele é amor e justiça. Eles estavam falando de acontecimentos que estavam além da compreensão deles.

Em meus dias sobram pessoas assim, como os amigos de Jó, que sentenciam os seus semelhantes como se fossem co-juízes de Deus. Afirmam condenações que não estão autorizados ou não cabem a nenhum deles fazerem. Esquecem das palavras de Cristo quando disse que 'com a medida que julgarmos seremos julgados'.

Muitos de nós somos assim, deleitamos-nos em apresentar para as pessoas um Deus tirano e cruel, em vez de apresentarmos um Deus de amor, que está sempre disposto a nos perdoar e nos receber_ esse é o caráter de Deus: amor e justiça.

Deus orientou os três amigos a que se arrependessem dos pecados cometidos pelas palavras que disseram e pedissem a Jó que intercedesse por eles.

Vi que Deus ensinou pelo menos duas coisas nesse ato: humildade aos amigos que teriam que reconhecer diante de Jó seus erros para com ele e ensinou a Jó que ele deveria perdoar e orar pelos seus amigos cruéis.

Essas lições Deus nos ensinam hoje também. Devemos ter humildade para reconhecer os nossos erros e pecados, pedirmos perdão a Deus e ao nosso semelhante. De igual modo, devemos perdoar aqueles que nos ofendem e orar por eles. Quem mais precisa ser perdoado é quem mais erra.

Na vida de Jó o diabo foi humilhado. Depois dessas coisas a saúde dele voltou e passou a ter o dobro dos animais e servos que possuía. Sua esposa também teve outros dez filhos, ainda mais bonitos do que os primeiros.

Anael e eu saímos caminhando pela estrada. Ele estava calado, cabeça baixa. Não suportei o silêncio e perguntei:

— O que há, Anael? Não ficou feliz?

— Estou feliz sim, Ângela. É que não me canso de pensar neste homem! Ele vivia ao lado de pessoas que desprezavam a Deus, ele foi vítima de toda sorte de maldade diabólica, contudo resistiu até o fim. Muitos de nós lá no Céu, em meio a tanta paz e amor, ficamos em dúvidas quanto ao caráter de Deus.

Eu respondi pensativa:

— É, acontece. Anael, tem uma coisa que não entendi nisso tudo.

— O que foi? Perguntou ele.

— Jó recebeu em dobro tudo que possuía antes das tragédias acontecerem, até a saúde foi em dobro, mas os filhos não, os filhos ele recebeu a mesma quantidade que tinha: dez, por quê? Perguntei.

O anjo me explicou:

— Os filhos dele eram adoradores de Deus, morreram no Senhor e no grande dia serão ressuscitados. Nesse dia Jó terá filhos em dobro.

— Hum! Verdade. Mas, e lá no Céu, as coisas se resolveram? Perguntei. A que ele respondeu:

— Sim. A fidelidade de Jó nos mostrou que nosso Mestre tinha razão mais uma vez, quando escolheu salvar a sua gente.

Seguimos assim conversando por algum tempo, então lhe perguntei:

— O que vamos fazer agora?

— Vou levar você para o tempo em que Abraão viveu. Respondeu

Eu disse:

— Achei que fosse me levar para casa, estou com saudade de meu filho e do meu marido.

— Eu entendo, Ângela, mas ainda temos muita coisa para ver, não estou autorizado a levá-la para casa agora. Respondeu.

— Eu estou muito preocupada, eles devem estar me procurando, devem pensar que fui embora, que fugi. Comentei.

— Eles estão bem, não se preocupe – me disse o anjo.

— Você não entende, eu não sou uma boa cristã, e desde que meu pai faleceu eu entrei numa depressão sem fim, eles podem pensar que fugi, que fiz alguma besteira. Lamentei.

— Eles estão bem, Ângela, já disse.

— Tá certo, eu devo acreditar! Então vamos para nossa próxima aventura.

Abrão, o Pai da Fé

Desde os tempos antigos, a tendência dos seguidores de Deus era abandonar os Seus ensinamentos. Isso era bastante recorrente, o exemplo dos ancestrais eram modificados por novas ideias e pensamentos que levavam, quase sempre, ao afastamento das verdades divinas.

Satanás estava por trás de muitas dessas ideias promissoras. Em pouco tempo não havia mais distinção entre o que era santo e o que era profano, e com o passar dos anos a idolatria se tornou mais evidente entre os descendentes de Sem e Jafé, contudo, mesmo em meio a tanta infidelidade, sempre existiram fiéis adoradores de Deus, entre esses, Abrão.

Sobre ele é dito no livro Patriarcas e profetas: *"Depois da dispersão de Babel, a idolatria tornou-se novamente quase universal, e o Senhor deixou afinal os empedernidos transgressores que seguissem seus maus caminhos, enquanto escolheu a Abraão, da linhagem de Sem, e o fez guardador de Sua lei para as gerações futuras"...* **Patriarcas e Profetas, p. 80.**

Terá, seu pai, era descendente de Sem e havia se tornado idólatra como seus conterrâneos. Ellen G. White diz: "Abraão tinha crescido em meio de superstição e paganismo. Mesmo a casa de seu pai, pela qual o conhecimento de Deus tinha sido preservado, estava a entregar-se às influências sedutoras que os rodeavam, e "serviram a outros deuses" (**Js 24:2**) em vez de a Jeová". Mas, a verdadeira fé não devia extinguir-se. Deus sempre preservou um remanescente para O servir. Adão, Sete, Enoque, Matusalém, Noé, Sem, em linha ininterrupta, preservaram, de época em época, as preciosas revelações de Sua vontade" (...). **Idem.**

Abrão possuía um caráter puro e temente a Deus. A vida santa que ele tinha se destacava entre os outros habitantes, evidenciando sua bondade e justiça. "O filho de Terá se tornou o herdeiro deste sagrado depósito. A idolatria acenava-lhe de todo o lado, mas em vão. Fiel entre os infiéis, incontaminado pela apostasia prevalecente, com perseverança apegou-se ao culto do único verdadeiro Deus" (...). **Idem, p. 80.**

Abrão morava na cidade de Ur dos caldeus, uma cidade com uma população idólatra. Ele partiu com seu pai e seus familiares dessa cidade na intenção de morar na próspera Cidade de Canaã, mas ao chegarem em Harã decidiram ficar ali. Assim como em Ur, a população de Harã também havia abandonado os ensinamentos de seus antepassados e havia se tornado igualmente idólatra.

Eles moraram em Harã até a morte de Terá. Quando este faleceu, Deus disse a Abrão:

— Abrão, Abrão.

O servo de Deus olhou para todos os lados, mas, não havia mais ninguém com ele, então, entendeu que o Criador estava a lhe chamar.

— Eis-me aqui, Senhor – disse o servo fiel.

— Reconheço que você é fiel a mim nesta terra – disse Jeová – Saia desta terra, do meio da sua parentela, e da casa de seu pai, e vá para a terra que Eu lhe mostrarei.

Abrão ouvia a tudo atentamente e o Criador continuou:

— Farei de você uma grande nação, e lhe abençoarei, tornarei o seu nome grande, você será uma benção. Abençoarei os que lhe abençoarem e amaldiçoarei os que lhe amaldiçoarem; e em você serão benditas todas as famílias da Terra.

Assim que o Senhor terminou de falar, o fiel de Deus foi até sua mulher e disse:

— Sarai, meu amor, hoje cedo, eu ouvi a voz de Deus e Ele me disse que devemos sair daqui.

A mulher deixou o que estava fazendo e lhe falou, olhando na face:

— Sair daqui, meu senhor? Para ir para onde? Devemos voltar para Ur?

— Não, querida. Ele me disse que devo ir para uma terra desconhecida, não sei ao certo para onde, Ele não me disse, falou que eu devo sair do meio de nossos parentes e que me mostraria o lugar para onde devemos ir.

— Você está me dizendo que o Deus de nossos pais pediu para você sair daqui sem rumo? Tem certeza que foi a voz de Deus que você ouviu?

— Tenho certeza, querida. Ele me disse que faria de nós uma grande nação.

— Como assim? Deus está nos prometendo um herdeiro? Sarai perguntou sorridente.

— Sim, meu amor, o Senhor nos prometeu um filho.

Eles se abraçaram de felicidade. Há muito tempo eles aguardavam por um bebê, mas nada acontecia. Sarai, eufórica, perguntou:

— E o que você decidiu?

— Que vamos viajar. Respondeu

Quando a notícia da viagem de Abrão se espalhou pela cidade, muitos tentaram convencê-lo a desistir dessa jornada sem destino, pois não fazia sentido algum deixar as terras que ele já possuía em Harã para aventurar-se. Mostraram-lhe os perigos de empreender tal jornada, mas Abrão estava determinado a cumprir a ordem de Deus.

Sem demora, organizou tudo que precisava para a viagem. Ló seu sobrinho, que era como um filho para ele, o acompanhou nesse empreendimento.

Eu estava admirada com a quantidade de bens e pessoas que Abrão possuía. Anael se aproximou de mim, trazendo em uma das mãos uma túnica e disse:

— Ângela, vista isto, você vai com Abrão.

Era uma veste simples, como as que as servas da época usavam, tinha uma cor bege, eu peguei e disse:

— Ok – eu disse – vou me trocar.

Depois que me vestir, aproximei-me do anjo e o segurei, pronta para ser levada, mas, ele me disse:

— Não, Ângela, você vai viajar naquilo.

Ele apontou para algo que estava à sua esquerda, quando olhei na direção que o anjo estava apontando, meu coração palpitou.

— Ah, não! Camelo não! Eu não sei como guiar isso, nem como fazê-lo parar; eu nunca andei montada nem em cavalo quanto menos nisso aí.

— Não se preocupe. Disse-me Anael – venha, vou lhe ajudar a montar.

— Fala sério, Anael! Eu morro de medo dessas coisas. Prefiro ir com você.

Mas ele me respondeu:

— Ah! Agora prefere ir comigo, você tem medo de altura, lembra?

— Tenho mais medo disso, e se esse bicho me morder, me derrubar? Perguntei assustada.

— Deixe de ser dramática, isso não vai acontecer! Disse-me o anjo entusiasmado. Além do mais, eu também vou montado num desses, sempre tive vontade de fazer isso.

Relutei o máximo que pude, mas não teve jeito, tive que montar naquele monstro corcunda e acelerar para acompanhar a comitiva.

Seguimos em direção a Canaã. Mal começamos a viajem e eu já estava à beira da morte naquele transporte de balançado desconfortável. Ainda faltava muito para o meio-dia, mas o calor era escaldante. Nunca tinha visto nada igual, a paisagem era predominantemente amarela com alguns morros de areia e rochas ossudas.

Em pouco tempo meus lábios ficaram secos e rachados. Mesmo com o rosto coberto, senti em minha garganta uma sensação ruim, como se estivesse cheia de areia. Só nesse momento me lembrei de que eu não havia feito nenhuma provisão de água para essa jornada.

A cada passo que o animal dava, eu via a paisagem rodopiar em minha frente, aquele mundo de areia amarelado, entrecortado por montes e pedras, tudo parecia tão igual e girava, girava, como num carrossel.

Senti meus músculos se anestesiar. Eu não conseguia mais controlar o meu próprio corpo, que dobrou para um dos lados, como dobram os bambus açoitados pelos ventos. Aos poucos a paisagem árida do deserto foi se fechando como um funil e deslizando como se fosse cair, mas, era eu que estava caindo e não aconteceu porque Anael me sustentou e me deu água antes que eu desmaiasse de sede.

Paramos um pouco para que eu pudesse me recuperar, mas assim que me senti melhor, continuamos a viagem. À medida que a caravana avançava, eu ia ficando para trás. Às vezes tinha a impressão de que meu camelo estava andando de ré, pois todos, com exceção de Anael que estava sempre ao meu lado, estavam na minha frente.

Não tenho nada com que comparar. Seguir viagem numa região tão árida, montada no lombo de um animal como aquele, era demais para mim, então perguntei ao anjo:

— O que aconteceu com as viagens aéreas? Eu gostava mais de voar ao seu lado, sendo teletransportada.

O anjo me respondeu:

— Não aconteceu nada; são ordens do Mestre. Para que você compreenda melhor as coisas, precisa mais que ter um conhecimento superficial dos fatos, precisa sentir o que eles sentiram, viver como eles viveram.

— Sério? Mas não dá para pular essa parte dos camelos, não? Além do mais, eu só questionava a existência de Deus, não estou preparada para tudo isso. Repliquei

— Bom, agora é tarde para reclamações. O que está feito, está feito. Disse Anael.

— É, verdade, nunca mais vou questionar nada. Concordei

O anjo e eu rimos, e ambos concordamos com isso.

A viagem demorou dias. Eu era a que mais atrasava o grupo. Parei para diversas vezes para vomitar, enjoada por causa do trotar do animal. Por fim atravessamos a terra de Canaã e armamos as nossas tendas próximas aos carvalhos de Moré, em Siquém.

Como foi difícil e longa essa viagem para mim, mesmo parando no caminho para descansar. A falta de hábito de estar nos desertos e andar montada em animal, dificultou a minha viagem.

Quando acampamos em Moré, eu estava tão cansada que tudo que eu queria mesmo era uma boa rede para me deitar, minhas pernas doíam bastante, tive dificuldade para me sentar durante dias, minhas nádegas doíam como se eu tivesse levado uma surra com varas.

Ao chegar a Siquém, depois de ter me sentado com muita dificuldade sobre uma almofada que consegui com uma das servas de Sarai, Abrão construiu um altar para adorar ao Senhor, e convocou a todos para um culto de adoração.

Mesmo exausta tive que me levantar e me dirigir ao local de adoração. Isso me fez recordar de minha infância, quando meus pais reuniam a família todos os dias para o culto matinal e o vespertino, eram momentos solenes, porém, à medida que fui crescendo fui deixando de gostar dessas ocasiões.

Aproximei-me do anjo e perguntei:

— Sério mesmo, Anael? Abrão não pode esperar a gente descansar um pouco antes do culto?

— Na vida de Abrão, Deus está sempre em primeiro lugar – me respondeu o anjo – E no mais, Ângela, quantas vezes você, depois de descansar, se levantou para adorar a Deus?

Eu arregalei os olhos e disse:

— Eta! Precisa ser tão direto?! Já estou indo.

O anjo tinha razão. Depois que eu me deitava, só me levantava no outro dia, às pressas, para trabalhar. Muitas vezes, nem me lembrava de fazer uma breve oração antes de sair de casa.

Durante toda sua vida o patriarca construiu altares em adoração a Deus. Por onde ele passava, sua vida abnegada era uma grande influência não apenas para os que lhe acompanhavam como também para aqueles que tinham contato com ele. Sua vida era um fiel testemunho do caráter do Deus a quem ele adorava.

Não demorou muito tempo até que, certo dia, Abrão anunciou que deveríamos preparar tudo para seguir viagem.

Olhei para o anjo angustiada, imaginando viajar novamente naquele monstro dos desertos_ Como senti saudade dos coletivos cheios de gente, que eu pegava para chegar ao trabalho, mas agora eu estava ali, viajando de camelo, numa sensação térmica de mais de 50 graus.

No dia seguinte, ainda madrugada, antes mesmo que o sol nascesse, seguimos viagem de Siquém para o Neguebe. Essa viagem foi um pouco mais curta e menos cansativa, dessa vez fui mais cuidadosa e levei minha própria água.

Essa região estava sendo assolada por uma grave crise econômica devido à falta de chuvas e o povo daquele lugar estava enfrentando um período longo de fome e isso nos fez seguir viagem para o Egito. Ao atravessarmos esse território, me deparei com pessoas esfomeadas de todas as idades, crianças magricelas ao lado de suas mães famintas; elas suplicavam a nós um bocado de pão para comerem e enganarem a morte por mais um dia. Vi mães preparando bolachas de barro para alimentar seus pequenos. Neguebe pareceu para mim a terra da morte.

Ao chegarmos ao Egito, às terras férteis do Nilo, com seu imenso jardim, notava-se o contraste com a fome e a aridez da região que havíamos acabado de atravessar! Senti vontade de tomar banho no grande Nilo, nadar em suas águas que trazem fertilidade à terra, me refrescar, porém, percebi que Abrão estava preocupado. Mesmo Sarai tendo mais de 65 anos de idade, era ainda uma mulher muito bonita, até porque, para aqueles dias, ela ainda estava relativamente jovem. Fui levada à tenda de Abrão e vi os dois combinarem para esconder dos homens daquele lugar que eles eram casados.

Abrão havia passado em várias provas, obedeceu ao chamado de Deus para sair da sua terra, do meio da sua parentela, mas naquela ele falhou, o homem de fé vacilou, não confiou no divino livramento, preferiu omitir sua relação matrimonial com Sarai. O homem de Deus ainda estava receoso no obedecer ao Criador.

Ela foi levada para o palácio de Faraó para se tornar mulher dele, mas Deus interferiu, não permitindo que o rei do Egito lhe tocasse. Mesmo quando os filhos de Deus vacilam, o Senhor não os abandona à própria sorte, Ele vem socorrê-los.

Por causa de Sarai, a terra do Egito foi assolada com graves pragas. Vi o povo sofrendo por conta disso, a desolação foi imensa, as pessoas não tinham mais a quem recorrer. Isso me fez lembrar das dez pragas que o Egito sofreu no tempo de Moisés, e percebi que estas eram gotas das pragas que futuramente haveriam de cair sobre essa terra idólatra, como se fosse um aviso do que haveria de acontecer.

Eu gosto da história do Egito porque ela me diz como será o fim em meus dias. Hoje sei que o que os males que temos enfrentados: desastres naturais, epidemias, fomes, etc., são apenas gotas das pragas que irão acontecer nos dias da ira de Deus. A história do Egito está registrada como um aviso para que nos preparemos.

Ao perceber o que estava acontecendo, Faraó devolveu Sarai a Abrão e providenciou o necessário para que eles saíssem o mais rápido possível de suas terras.

Vi nesse episódio, novamente, uma semelhança do que aconteceria com os descendentes deles no futuro: Abrão representando o próprio Deus e Sarai Sua igreja. Eles foram levados para o Egito devido a uma grande fome na terra do Neguebe, de igual forma foram Jacó e seus filhos nos dias de José levados ao Egito. Sarai foi devolvida a Abrão após a terra ser assolada por graves pragas, e foram deixados ir embora com tudo que possuíam. Israel por sua vez, também foi deixado ir embora com seus pertences para se tornar novamente o povo de Deus.

Fiquei maravilhada ao ver como Deus ilustrou a história futura naquele episódio. O Criador não nos deixa às cegas, Ele sempre avisa a seus servos o que vai acontecer.

Saímos dali e voltamos para o Neguebe, porém, ficamos ali pouco tempo, porque a fome ainda era grande. De lá, seguimos para Betel. As viagens agora não me incomodavam mais, já estava acostumada com o animal e ele comigo, acho que chegamos até a desenvolver uma amizade sólida.

Abrão e Ló se separam

Abrão havia acumulado muita riqueza no Egito, Ló também se tornou muito rico. Na região dos Carvalhos, levantei os meus olhos e vi uma imensidão de animais, servos e servas que pertenciam aos dois.

Estava eu a observar toda aquela riqueza, quando percebi uma confusão. Aproximei-me para ver melhor. Os pastores dos rebanhos de Abrão e os pastores dos rebanhos de Ló estavam discutindo, cada um querendo o melhor lugar para apascentar o rebanho.

Mesmo eles sendo parentes, as brigas entre seus servos se tornaram cada vez mais comuns, eram constantes as reclamações de seus pastores, tornando a convivência intolerável.

Enquanto eles não possuíam muitas riquezas, viveram em harmonia, mas agora que ambos estavam mais ricos, seus servos não se entendiam mais, e eles necessitaram se separar.

Assim acontecem nas igrejas hoje. Enquanto há um pequeno número de fiéis nas igrejas, a convivência é relativamente pacífica, todos contribuem para o bom andamento das atividades, contudo quando o número de irmão aumenta consideravelmente, aumentam também as confusões, os desentendimentos e aí é necessário separarem-se.

Essas coisas acontecem porque temos em nós o princípio de Babel: a ordem de Deus é para se espalhar em grupos menores, assim cobriremos com a Palavra de Deus uma área maior. Entretanto, assim como fizeram os habitantes de Babel, fazemos nós hoje, nos aglomeramos, nos centralizamos, ou seja, construímos nossas torres, porém, assim como houve confusão naqueles dias porque eles não conseguiam se entender e como passou a existir confusão nos dias de Abrão e Ló, também há nos nossos templos lotados. Não precisamos esperar a confusão acontecer para tomarmos a decisão de separar, a divisão precisa acontecer antes dos conflitos acontecerem; dividir para multiplicar, esse é o princípio de Deus.

Por conta das confusões, Abrão chamou seu sobrinho e lhe disse:

— Meu filho, você sabe o quanto me apeguei a você desde o dia em que você nasceu. Você é para mim como um filho querido, mas nossa gente não se entende mais, pois somos muitos, e é com muito sofrimento que preciso lhe dizer isso, mas precisamos nos separar, não podemos mais viver juntos.

— É verdade, tio, nós estamos perdendo muito tempo resolvendo os conflitos entre nossos servos.

— Pois bem – Abrão disse – escolha para onde você quer ir, se você for para a esquerda, eu irei para a direita; se você for para a direita, eu irei para a esquerda.

Ló não perdeu tempo, ergueu os olhos e escolheu para ele a melhor parte, terras férteis com jardins formosos e cidades prósperas.

Deus havia dado a Abrão toda aquela terra, porém, humildemente ele deixou que seu sobrinho escolhesse para si o que desejasse.

Ló, por sua vez, não pediu orientação a Deus, nem se aconselhou com seu idoso tio, foi egoísta e ambicioso, pensou nas riquezas que poderia acumular, indo para uma região de jardins belíssimos, pensou no descanso que teria, deixaria de viver como nômade no deserto para habitar terras que não faltariam comida e água para si e para seus animais e familiares.

Ló vai morar em Sodoma

No dia seguinte, Ló, após se despedir de todos, seguiu viagem para as terras do paraíso. Eu fui com ele. Sua família parecia estar feliz com a viagem, estavam um tanto ansiosos para chegarem àquele lugar.

À medida que nos aproximávamos do vale, pude ver melhor suas belezas. De fato, em comparação com as terras ao redor, o vale parecia com o jardim do Éden. A cidade possuía um comércio bastante desenvolvido para a época. Ló foi bem aceito pela população local, pois possuía muitas riquezas.

Andei pelas ruas empoeiradas de Sodoma, as pessoas eram despreocupas, a vida era muito fácil lá, trabalhavam pouco, e se divertiam bastante, seus moradores eram conhecidos pela vida desregrada que viviam. Em alguns pontos da cidade havia locais de adoração aos deuses, seus moradores estavam entregues à promiscuidade sexual, festividades, bebedeiras e violência. Até as próprias crianças eram incentivadas, desde muito pequenas, à prática dessas coisas.

Ao chegar à cidade, Ló viu que ali não era um bom lugar para educar suas filhas, mas estava deslumbrado pelas possibilidades econômicas, pois a região oferecia ótimos lugares para a criação de gado.

Para não apagar sua consciência e a voz do Espírito Santo, ele preferiu viver fora da cidade, para que sua família não fosse tão influenciada pelos costumes pagãos.

Sem perceber, ao escolher viver tão próximo de cidades extremamente pecadoras, ele trocou a segurança de uma educação familiar, pautada nos princípios divinos, por um futuro economicamente promissor.

Muitos de nós também fazemos tais trocas e comprometemos a salvação dos membros mais novos de nossa família, como se a salvação dos mesmos fosse algo de pouco valor.

Eu fiquei uns dias na cidade, observando e eu pude ver as abominações praticadas pelos habitantes daquela região onde estava localizada as cidades do vale. Chamou-me a atenção às imoralidades sexuais, não havia limites para seus pecados, as práticas eram sem restrições, não que não haja isso nos meus dias, mas me admirei de ver isso nos dias deles.

O povo era ocioso e ocupava o tempo livre com todos os tipos de prazeres, as cerimônias religiosas eram dedicadas a diversas divindades, principalmente aos deuses do sexo e da fertilidade. Durante essas cerimônias, a orgia era praticada abertamente.

Enquanto observava os hábitos daquela população, nem me dei conta do que estava acontecendo: Bera, rei de Sodoma se juntou com Birsa, rei de Gomorra, Sinabe, rei de Admá, Semeber, rei de Zeboim e o rei de Belá contra o rei de Elão, Quedorlaomer. Eles haviam pago impostos durante doze anos, mas no décimo terceiro ano decidiram que não pagariam mais. Quedorlaomer enviou mensageiros para esses reis, avisando que caso a conspiração continuasse, ele tomaria as providências necessárias, mas os cinco reis não lhe atenderam a ordem, pois se sentiam seguros porque se encontravam em maior número.

Um ano passou sem nada acontecer, porém, no ano seguinte, chegou às terras do vale a notícia que o rei de Elão se uniu a mais três reis e estava a caminho contra Sodoma, Gomorra, Admá, Zeboim e Belá.

A guerra

O exército armou suas tendas e acampou junto ao vale de Sidim, próximo ao mar Morto, eles permaneceram ali por algum tempo, uma comitiva foi enviada à Sodoma para negociar, numa tentativa de evitar a guerra, mas, os homens voltaram desmoralizados.

No dia seguinte, quando o sol surgiu no horizonte, num vermelho alaranjado intenso, iluminando o vale, este estava recoberto por soldados prontos para guerrear. Eles vestiam uma couraça, em suas cabeças haviam uma espécie de elmo, cada pelotão portava um tipo diferente de arma, machados, espadas, adagas, lanças e outros tipos de armas que não consegui identificar.

Naquele dia as cidades do vale amanheceram tranquilas, mesmo com o inimigo dormindo ao lado. Isso não lhes causava nenhum incômodo, ou medo, pois, se sentiam seguros com a vantagem de estarem em maior número. Os exércitos das cidades rebeladas se posicionaram em frente ao inimigo no campo de batalha, estavam certos da vitória, tentaram intimidá-los pela quantidade.

Enquanto o sol beijava o vale, lançava luz sobre uma planície carregada de tensão. Os primeiros raios de sol encontraram um campo com soldados dispostos para batalhar. A guerra teve início nas primeiras horas do dia. A situação era dramática, embora as cidades do vale estivessem em maior número, não estavam em vantagens, pois seus soldados não eram preparados para a guerra.

Os soldados de Quedorlaomer, ao ser dado o sinal, correram em direção ao exército dos conspiradores. Estes também correram ao encontro do Exército opressor e se enfrentaram, golpeando-se com suas armas.

Uma infantaria após a outra era enviada para a luta, durante todo aquele dia homens mataram uns aos outros sem piedade. Os corpos cobriam de sangue o vale, pintando-o de vermelho intenso, os mortos se amontoavam pelo chão. Muitos outros estavam feridos, mutilados. O descanso eterno era apenas uma questão de tempo, era possível ouvir gemidos vindo de todos os lados.

A planície ficou coberta de cadáveres de homens de todas as idades, tanto de um exército como de outro, o rio de sangue corria pela planície do vale.

Quando os cinco reis viram que seus exércitos não venceriam o inimigo, fugiram para tentar salvar suas vidas. Os soldados que ainda estavam vivos, ao verem que seus reis haviam batido em retirada, fizeram o mesmo, muitos, em desespero, caíram nos poços de petróleo existentes naquele lugar e morreram.

Um dos moradores duma cidade do vale, fugiu desesperado para o mais longe que conseguiu. Em sua fuga deu-se com a caravana de Abrão, acampada no deserto. Ao chegar entre os pastores, caiu quase desmaiado, os homens o carregaram para uma tenda e um deles mandou chamar a Abrão.

Enquanto isso, os pastores lhe deram água e, assim que seu senhor chegou, lhe perguntaram.

— De onde você está vindo com essa pressa toda?

Eufórico de medo e cansaço, o homem respondeu:

— Estou vindo do vale das campinas.

— E por que está sozinho – quis saber Abrão – não se viaja em terras como estas sozinho, se não por algum motivo forte.

— A cidade está destruída, está toda destruída!

O homem repetia essas palavras como estando fora de si.

Abrão, ao ouvi-las, angustiou-se, aproximou-se ainda mais dele e perguntou:

— Você conhece Ló?

— Conheço sim, ele e toda a família foram levados pelo exército de Quedorlaomer. Todos os sobreviventes foram levados.

Ao ouvir essa notícia, Abrão falou a seus pastores:

— Reúnam os homens, vamos salvar meu sobrinho.

De imediato, os pastores reuniram os homens enquanto Abrão foi em busca de aliados para ajudá-lo.

Os vencedores invadiram as cidades derrotadas e as saquearam, muitas mulheres e meninas foram estupradas, algumas até à morte. Levaram com eles, não apenas os pertences dos moradores, como também os habitantes dessas cidades para lhes servirem como escravos, entre esses habitantes estava também a família de Ló.

Eu estava observando a destruição que os soldados vencedores causaram nas cidades quando ouvi uma voz atrás de mim dizendo:

— Olha só a belezinha que eu achei aqui tentando se esconder?

Voltei-me para ver quem falava e, quando me virei, fui surpreendida com uma pancada na minha cabeça que me fez desmaiar.

O cativeiro

Quando acordei, estava amarrada a outras pessoas. Fomos arrastados pelo deserto. Já era noite quando paramos para descansar e estava fazendo muito frio. Minha roupa estava manchada de sangue, minha cabeça parecia que tinha um sino tocando dentro dela.

À minha frente estava Ló com sua família, seu rosto demonstrava preocupação, não só quanto ao futuro, mas também com o que poderia acontecer às suas filhas e a sua mulher naquele lugar e com aquelas pessoas. A mulher dele não parava de olhar para mim, até que por fim tomou coragem e me perguntou:

— Tenho a impressão que conheço você de algum lugar, mas não me recordo de onde. Você é uma de minhas servas?

— Não, sou serva de Sarai. É de lá que você me conhece. Vivemos no mesmo lugar durante muito tempo.

— É verdade! Lembro de você – ela me disse – você sempre nos atrasava nas viagens; não tinha muito costume com animais, não é? Como você veio parar aqui?

Essa pergunta... O que eu poderia dizer a ela? Que explicação daria? Então respondi:

— Eu vim a mandado de minha senhora para comprar alguns produtos na cidade, mas fui surpreendida pelo exército invasor.

— Que má sorte a sua! Sinto muito por isso.

Ela meneou a cabeça e não me perguntou mais nada. Fiquei feliz porque aquela conversa já estava muito comprometedora para mim.

Voltei minha atenção para os soldados à nossa frente. Eles estavam rindo e se divertindo com as atrocidades cometidas na batalha, falavam sobre o medo das mulheres quando os soldados invadiram suas casas. Eles bebiam e comiam como porcos. Um deles se aproximou de mim e disse:

— A minha fujona finalmente acordou. Levante-se! Você irá nos distrair esta noite.

Eu me levantei rapidamente. Ele me puxou pelo braço e me empurrou na direção dos soldados que estavam bebendo e rindo ao redor da fogueira.

O soldado me impeliu para a frente e disse:

— Olha só a joia que encontrei em Sodoma, parece que veio de outro lugar, nunca vi uma mulher assim por aqui.

Os soldados se aproximaram de mim como aves de rapina. Meu coração palpitou, olhei ao redor tentando ver o exército de Abrão, mas eles ainda não haviam nos achado. Um homem barbudo e malcheiroso chegou mais perto de mim, cheirou os meus cabelos e disse:

— Tem o cheiro do deserto, mas sua pele parece que é de lugares distantes.

Meu capturador falou:

— Guardei-a para a nossa disputa, quem vencer no braço, ficará com ela.

A disputa foi acirrada, mas não durou muito tempo, logo apareceu o vencedor, um brutamonte, asqueroso, com um cheiro ainda mais horrível que os outros que me agarrou pelo braço e me levou para sua tenda, enquanto eu gritava em desespero por ajuda.

Na tenda, o homem se aproximou de mim como se eu fosse um animal selvagem que deveria ser domado pela força, mas antes que ele me atacasse eu lhe disse:

— Se eu fosse você não faria isso.

Ele parou de sobressalto e perguntou:

— E por que não? Posso saber?

— Porque eu sou uma sacerdotisa do Deus que Tudo Vê. Não posso ser violada. Vê como sou diferente das outras mulheres? Meu exército já está a caminho para me salvar e hoje mesmo você será um homem morto – eu disse a ele com um olhar assustador.

Ele me olhou com uma cara de preocupação, mas logo a desfez e veio em minha direção com um sorriso nos lábios, mostrando seus dentes miúdos e amarelados que o deixava ainda mais feio e assustador, mas, antes que ele me fizesse qualquer coisa, ouviu-se um barulho de trombeta no acampamento, e ele perguntou:

— Mas que barulho é esse agora?

Eu respondi friamente:

— É o barulho que faz a morte. O meu exército chegou e destruirá a todos.

Abrão salva os moradores do vale

O homem pegou sua espada e saiu da tenda apressadamente. Eu rastejei até onde estavam as outras presas e fiquei observando. O exército de Abrão desceu os morros de areia, atacando rapidamente o exército de Quedorlaomer.

Abrão havia reunido 318 homens e a Manre, Escol e Aner. Foi em busca de seu sobrinho. Ele os atacou durante toda a noite, destruindo por completo o exército inimigo. Ao amanhecer, ele havia vencido a guerra, o solo estava coberto por corpos, entre eles, estava o do soldado que queria me ferir. Abrão levou os cativos de volta para suas respectivas cidades.

Quando estava voltando, Melquisedeque, rei de Salém, sacerdote de Deus, veio ao seu encontro junto com o rei de Sodoma, trazendo pão e vinho e Abrão lhe entregou o dízimo de tudo.

Melquisedeque não pediu o dízimo a Abrão, ele o deu. Isso mostra que ele já tinha o conhecimento sobre a parte que pertence a Deus. Gostemos ou não, foi o próprio Deus que instituiu o sistema de dízimo entre seu povo. Se somos os filhos de Abraão, os ramos enxertados na videira, devemos obedecer àquilo que o Senhor implantou.

Embora Abrão tenha obtido vitória, não pegou para si nenhum dos despojos da guerra, tudo foi devolvido a seus respectivos donos, apenas aceitou alimento para seus servos e a porção que deveria ser entregue a seus três amigos.

Ao retornar para casa, ele estava com seus pensamentos conturbados, nunca antes tinha se envolvido numa guerra. Seu semblante estava carregado de preocupações, tinha medo de que os reis que foram derrotados unissem forças com outros reis e viessem contra ele.

Até aquele momento, Abrão tinha sido um excelente diplomata e tinha habitado em paz naquela terra estrangeira, mas agora as coisas poderiam mudar drasticamente.

À noite, numa visão, Deus, que conhece os temores de seus filhos, acalmou o seu coração, dizendo:

— Não tenha medo, Abrão! Eu sou o seu escudo; grande será a sua recompensa!

Essas palavras pronunciadas por Deus era tudo que o patriarca desejava ouvir naquela noite.

Deus é quem nos protege e consola, Ele é o nosso escudo, vem ao nosso encontro quando estamos aflitos, amedrontados e nos dá segurança e tranquilidade.

O consolo fez Abrão relaxar e inquirir a Deus:

— Senhor, Deus meu, o que tens para me dar? Eu saí de minha terra para peregrinar por terras alheias movido pela esperança de um filho, mas, já se passaram tantos anos, Senhor, e essa promessa ainda não se cumpriu. O meu mordomo é o damasceno Eliézer, ele será o meu herdeiro ou por quanto tempo mais eu devo esperar?

— O seu mordomo não será o seu herdeiro, mas o que será gerado de você mesmo. Saia de sua tenda, Abrão, vá lá fora, quero conversar com você lá fora.

Abrão levantou-se e saiu de sua tenda, já ia alta a noite, um vento gélido soprou, fazendo o ancião encolher-se. No céu não havia uma única nuvem. Ali fora da tenda, Deus disse a Abrão:

— Olha agora para os céus.

O velho homem ergueu sua face. A lua não tinha aparecido aquela noite, deixando à amostra um céu repleto de estrelas.

O Criador continuou:

— Conte cada uma dessas estrelas. Se puder contar, assim será a sua semente.

A face do idoso senhor se iluminou, um sorriso de satisfação brotou por entre as marcas que o tempo havia deixado, então o Senhor continuou:

— Eu Sou o Senhor, que lhe tirou da terra de Ur dos caldeus, para lhe dar esta terra como herança.

O homem sem entender, perguntou:

— Senhor Jeová, como saberei que hei de herdá-la?

O Senhor lhe pediu que sacrificasse alguns animais. Ele foi ao seu pasto e escolheu os melhores animais e capturou as aves que necessitava. Quando a oferta estava pronta para ser sacrificada o dia já havia amanhecido.

Ele fez como o Senhor havia pedido, mas nada aconteceu. Abrão precisou vigiar o dia inteiro a sua oferta para que não fosse comida por animais de rapina.

Contudo, pondo-se o sol, um profundo sono veio sobre Abrão, lhe trazendo um grande espanto e profundas trevas e o Senhor falou-lhe:

— Saibas, certamente, que a sua semente peregrinará em terra que não é sua, serão servos e lhes afligirão por quatrocentos anos, mas Eu julgarei a gente à qual servirão e depois sairão com grande fazenda. Quanto a você, descansará como seus pais em paz, em boa velhice será sepultado. E a quarta geração tornará para cá; porque a medida da injustiça dos amorreus não está ainda cheia.

Hagar

Depois dessas coisas, Abrão teve um tempo de relativa tranquilidade e na expectativa quanto ao herdeiro, mas, mesmo com o tempo passando e o filho não vindo, suas esperanças não minaram.

Durante esse tempo, eu me aproximei de Hagar para conhecê-la melhor. De todas as servas de Sarai, ela era a mais dedicada e prestativa. Em pouco tempo nos tornamos amigas.

Sempre que estávamos desocupadas, nos encontrávamos para conversar, numa dessas conversas eu lhe perguntei:

— Você serve tão bem! A nossa senhora deve amá-la bastante.

Hagar respirou profundo e disse:

— Eu fui dada a ela como serva quando eles estiveram no Egito. Eu era dama de companhia dela e agora vim parar aqui, nessa maldita terra.

— Entendo. Então você não gosta de estar aqui com ela?

— Como alguém pode gostar de viver desse jeito, em tendas, mudando de lugar sempre que o marido decide isso? Eu vivia no palácio, podia ter me casado, mas olha onde eu vim parar! Odeio isso aqui, odeio a minha senhora por ter me tirado da minha terra.

— Você a serve tão bem que achei que gostasse dela.

— Faço porque, pelo menos, servindo-a, o meu trabalho é mais leve e tranquilo e me dá oportunidade de colocar em prática meu plano.

— Que plano?

Ela deu uma pausa, fixou seu olhar no horizonte e disse:

— Você saberá. Isso não ficará assim por muito tempo. Eu não nasci para servir, cada um tem o destino que escolher ter e eu não escolhi esse. Um dia as coisas vão mudar e quando isso acontecer vou escolher você para estar ao meu lado.

Eu não lhe disse nada, apenas sorri, um sorriso de quem já sabe o final dessa história.

Ismael

Como Sarai não podia ter filhos, sentia-se triste por não dar a Abrão esta felicidade. Muitas vezes rogou a Deus para ter em seus braços uma criança, porém, à medida que os anos passavam, suas esperanças desfaleciam.

Certo dia, o anjo me disse:

— Ângela, Sarai está precisando de uma nova serva. Você irá se apresentar. O Senhor fará com que você seja a escolhida.

Eu fui até a tenda dela e aconteceu como o anjo me disse e eu passei a servi-la junto com Hagar e outras servas.

Nós cuidávamos de tudo e fazíamos companhia a ela, que era uma senhora bondosa e paciente, tratava-nos com carinho e consideração.

Um dia, enquanto Sarai estava em sua alcova se arrumando, com Hagar e eu lhe ajudando no que era necessário, eu percebi que ela estava muito triste, então lhe perguntei:

— Minha senhora está triste. O que a está incomodando?

Despertada de seus pensamentos, ela falou:

— O que disse?

Eu repeti a pergunta:

— O que está incomodando a minha senhora?

Sarai respirou fundo, erguendo as sobrancelhas, seus pensamentos pareciam voar, então disse com o olhar distante:

— O tempo passou, eu já não sou mais nenhuma menina e não consegui ser mãe. Deus prometeu a meu senhor Abrão um filho, mas até agora nada aconteceu.

Hagar, então, respondeu:

— Se o meu senhor tivesse mais de uma mulher isso não seria nenhum problema.

— O que quer dizer com isso, Hagar? – perguntou a senhora intrigada – Está insinuando que o meu senhor devia ter um harém?

Hagar baixou a cabeça como se estivesse envergonhada pelo que havia dito e respondeu:

— Não, minha senhora. Falo como uma tola, porque na minha terra os homens podem ter mais de uma mulher. Se o meu senhor fosse egípcio, com certeza a promessa já teria se cumprido.

— O nosso Deus, Hagar, é diferente dos deuses que são adorados em sua terra e diferente dos deuses em cuja terra habitamos. Ele não permite que o homem tenha mais de uma mulher nem que a mulher tenha mais que um homem.

A conversa terminou por aí, porém, desde aquele dia, Sarai parecia mais pensativa.

Os dias passaram e vendo ela que Abrão estava um tanto apreensivo porque não tinha filhos, aproximou-se dele e disse:

— Já faz tanto tempo, meu senhor, que estamos nessa vida, que às vezes perco as contas de quantos anos já faz.

Abrão sorriu levemente, realçando um pouco mais suas rugas. Seu sorriso estava carregado de lembranças. Então, Sarai continuou:

— Estive pensando sobre nossa situação, sobre a promessa do herdeiro. Não sei, mas... e se a promessa for apenas para você, meu senhor?

— O que quer dizer com isso, minha querida?

— Deus lhe prometeu que de você faria uma grande nação, mas não disse que seria comigo, e, ao que está parecendo, não será.

— Sarai, minha querida, como pode insinuar tal coisa?

— Eu não posso lhe dar filhos, para minha vergonha eterna. O Senhor me privou de ser mãe, mas a promessa de Deus deve sempre está em primeiro lugar em nossa vida, então, tomei uma decisão muito difícil para mim.

— Qual decisão, minha amada?

Ela respondeu:

— Eu lhe darei uma de minhas servas para que você se deite com ela e a promessa se cumpra por meio de minha serva e eu possa ter filhos por meio dela.

Abrão baixou a cabeça pensativo, seu semblante estava triste, então ele disse:

— Devemos esperar um pouco mais. A promessa se cumprirá em você.

Sarai baixou a cabeça entristecida e disse:

— Não, Abrão. Já estamos velhos demais, já esperamos tempo suficiente. Se a promessa não se cumpriu ainda, é porque não deve ser eu a que irei gerar este filho.

Abrão então disse:

— Seja como você preferir, o que você fizer está feito.

Sarai saiu dali determinada. Eu estava com Hagar quando ela a chamou e disse:

— Hagar, estive pensando no que você me disse outro dia e cheguei à conclusão de que talvez tenha razão. Então, quero saber se você aceita ter um filho com o meu senhor para que eu possa ser mãe por meio de você?

— Será uma honra lhe servir, minha senhora.

Sarai conduziu sua serva Hagar à tenda de Abrão e ele teve relações sexuais com ela.

Este ato desagradou a Deus, pois desde o princípio nunca foi plano do Senhor que o homem tivesse mais de uma mulher, nem tampouco a mulher mais de um marido. Grandes males vieram como resultado dessa desobediência.

Abrão cedeu ao plano de Sarai, mas mesmo sendo um servo fiel a Deus, os resultados da desobediência não foram retardados. Hagar, assim que se consumou o plano, se sentiu mais importante que sua senhora, mesmo Abrão não tendo mais se deitado com ela. Na mente dela, ela não era apenas uma escrava, era também a amante do homem mais rico, poderoso e respeitado daquela região.

Quando ela percebeu que estava realmente grávida, passou a desprezar Sarai. Achava que seria preterida de Abrão por carregar no ventre o único herdeiro, o filho da promessa de seu senhor. A cada dia a paz e harmonia que haviam prevalecido no lar de Abrão estavam sendo quebradas.

Hagar e Sarai não se entendiam mais. A serva revelara seu verdadeiro caráter, uma mulher cínica e desprezível. Se ela pudesse se tornar a legítima esposa de Abrão, trataria a todos com desprezo e superioridade.

As afrontas da escrava chegaram a um nível que mesmo a paciente e humilde Sarai não suportou mais, então, certo dia, sua senhora a mandou embora. Se Deus não tivesse procurado Hagar e lhe mostrado seus erros, ela teria morrido no deserto.

No tempo determinado Hagar teve a criança e Abrão colocou o nome do menino de Ismael. Embora ela tenha voltado para a companhia de Sarai, a relação entre as duas não era das melhores.

A trágica história da traição de Abraão, que está registrada na Bíblia, nos mostra o preço que se paga pela infidelidade. O lar de Abrão nunca mais foi o mesmo e os descendentes de Ismael sempre foram um tropeço para o povo de Deus.

Ismael era um menino esperto. Sua mãe costumava passear com ele, ao fim das tardes, pelos arredores do acampamento. Ela falava enquanto acariciava seus cabelos escuros e espessos.

— Está vendo tudo isso, meu filho? Todos esses animais, esses servos? Um dia tudo isso será seu, só seu.

— Por que, mamãe?

— Porque você é o único filho de Abraão, tudo isso pertence a ele e será seu quando ele se for.

— Se for para onde? O papai vai nos deixar?

— Quando ele for levado por Anúbis para se apresentar no tribunal de Osíris. Nesse dia, tudo isso será seu.

— Meu pai me ensinou diferente. Ele me disse que um dia todos nós vamos descansar, como num sono profundo, e não vamos saber de nada, até que o Deus que criou tudo nos desperte novamente.

— Seu pai não entende dessas coisas que eu lhe falo.

O garoto não fez mais perguntas, contudo, essa mistura de crenças lhe deixa confuso.

Treze anos se passaram. Abrão agora já tinha 99 anos de idade e Sarai estava com 90 anos. Deus apareceu ao seu servo fiel e disse:

— Eu Sou o Deus todo-poderoso, ande segundo a minha vontade e seja íntegro e Eu estabelecerei a minha aliança entre mim e você e multiplicarei muitíssimo a sua descendência.

Abrão prostrou-se com o rosto por terra e Deus lhe disse:

— De minha parte, esta é a minha aliança com você. Você será o pai de muitas nações. Não será mais chamado Abrão, que significa pai de uma nação. Seu nome, de agora em diante, será Abraão, que significa pai de uma grande nação. Eu o tornarei extremamente prolífero; de você farei nações e de você procederão reis. Estabelecerei a minha aliança como aliança eterna entre mim e você e os seus futuros descendentes, para ser o seu Deus e o Deus dos seus descendentes. Toda a terra de Canaã, onde agora você é estrangeiro, darei como propriedade perpétua a você e a seus descendentes; e serei o Deus deles.

O Senhor deu uma pequena pausa. Abraão permaneceu prostrado – seu respeito e seu temor a Deus deve ser um exemplo a ser seguido por todos aqueles que professam segui-lo.

— De sua parte – continuou Deus falando a Abraão – guarde a minha aliança com você e com os seus descendentes. Esta é a minha aliança com você e com os seus descendentes, aliança que terá que ser guardada: Todos os do sexo masculino entre vocês serão circuncidados na carne. Terão que fazer essa marca, que será o sinal da aliança entre mim e vocês.... De agora em diante sua mulher já não se chamará Sarai; seu nome será Sara. Eu a abençoarei e também por meio dela darei a você um filho. Sim, Eu a abençoarei e dela procederão nações e reis de povos.

Abraão, prostrado com o rosto por terra, riu-se e disse a si mesmo: "Poderá um homem de cem anos de idade gerar um filho? Poderá Sara ter um filho aos noventa anos"? E Abraão disse a Deus:

— Permite que Ismael seja o meu herdeiro!

Deus então respondeu:

— Na verdade Sara, sua mulher, lhe dará um filho, e você o chamará Isaque. Com ele estabelecerei a minha aliança, que será aliança eterna para os seus futuros descendentes. E, no caso de Ismael, levarei em conta o seu pedido. Também O abençoarei; Eu o farei prolífero e multiplicarei muito a sua descendência. Ele será pai de doze príncipes e dele farei um grande povo. Mas a minha aliança, Eu a estabelecerei com Isaque, filho que Sara dará a você no ano que vem, por esta época.

Após dizer essas coisas, Deus subiu e retirou-se da presença dele.

Naquele mesmo dia, Abrão e todos os homens que habitavam com ele foram circuncidados.

Passados alguns dias, Abraão estava sentado à entrada da tenda, quando viu três homens. Ele, sendo um homem acolhedor, correu ao encontro dos três desconhecidos e os levou para sua tenda. Deu-lhes água para lavarem os pés, e alimento para saciarem a fome.

O idoso patriarca não sabia que aqueles homens tinham vindo do Céu. Dois deles eram anjos e o terceiro era o próprio Jesus. Enquanto esses homens comiam, Jesus reafirmou a Abraão que no ano seguinte Sara seria mãe. Ambos não acreditaram, pois já havia aproximadamente 24 anos que eles saíram de Harã com essa promessa e nada havia acontecido, Sara não podia mais ser mãe, pois há muito tempo não menstruava mais, mas Cristo lhe afirmou que no ano seguinte ela teria uma criança.

Os homens se levantaram para continuar sua jornada e Abraão os acompanhou. Pararam embaixo de um Carvalho frondoso. Eu me escondi atrás da árvore. Os dois anjos seguiram o caminho, enquanto Jesus permaneceu ali e revelou a Abraão o que aconteceria às cidades de Sodoma e Gomorra.

Deus revelou isso ao patriarca para que Abraão fosse zeloso na educação de seus familiares, tendo cuidado para não cometer os mesmos pecados cometidos nessas cidades.

Abraão pediu por seu sobrinho. Estava preocupado com o que poderia acontecer a ele e à sua família, mas Jesus lhe garantiu que o justo seria poupado.

As cidades da destruição

Eu estava tão curiosa para ver como seria a destruição daquelas cidades que acompanhei os dois anjos. Fui com eles caminhando pelo deserto.

Nós chegamos em Sodoma ao anoitecer. Ló estava à porta da cidade quando nos avistou, ou melhor, avistou os anjos. Ele aprendeu com seu tio a ser receptivo e acolhedor.

Após insistir com eles para que ficassem, os levou para sua casa. Eu entrei na cidade com eles. Percebi que Ló não podia me ver, o que me deixou tranquila, pois assim poderia bisbilhotar à vontade e ver a destruição que aconteceria no dia seguinte.

Os anjos entraram na residência de Ló. Eu preferi ficar na praça, observando ainda mais aquele povo. Ali, pude ver a forma como os habitantes olhavam para os viajantes, alguns cochichavam entre si, com olhares e sorrisos maliciosos. Os que estavam na praça, rapidamente saíram avisando aos outros sobre os dois estrangeiros. Eu nem precisei sair de onde eu estava para ver a movimentação, por todos os lados, eles cochichavam aos ouvidos e descreviam os visitantes.

Ouvi um deles dizendo ao seu companheiro:

— Você viu os dois estrangeiros que estão na casa de Ló?

O outro respondeu:

— Não os vi não, mas me disseram que são lindos.

— Lindos é pouco para descrever, são uma obra-prima da perfeição, imagine: altos e fortes, simplesmente perfeitos, nunca vi homens assim tão belos por aqui! São como filhos de deuses! Alguns companheiros estão falando que vão fazer uma visitinha a Ló mais tarde, para conhecê-los, você irá?

O homem suspirou e continuou:

— Claro que vou! Só em pensar naqueles deuses, fico todo arrepiado.

— Então, passe lá por casa, viremos juntos.

— Combinado então.

A notícia se espalhou como fumaça e, em poucos instantes, em frente à casa de Ló se juntou uma multidão de homens de todas as idades. Queriam abusar sexualmente dos dois hóspedes.

Que cena lamentável! Com vozes altivas e ameaçadoras ordenavam ao sobrinho de Abraão que entregasse os viajantes. Ló abriu a porta e saiu para acalmá-los, tentou convencê-los a não cometerem tamanha crueldade e pecado, mas aquele povo não quis ouvi-lo. Ele, então, ofereceu as suas duas filhas virgens em lugar dos homens, mas os sodomitas recusaram.

A decisão de entregar as filhas mostrou o quanto Jó estava acostumado, de certa forma, com os pecados daquela cidade. Para ele, seria uma transgressão menor, diante de Deus, se estuprassem suas filhas do que aos homens que estavam com ele, o que não era verdade.

Diariamente Ló tentava convencê-los de seus maus caminhos e pecados, tentava fazê-los deixar os hábitos sexuais que Deus reprova, mas não obteve resultado. Por muitos anos ele foi uma fiel testemunha do Criador naquele lugar, mas seus rogos eram vistos como ultrapassados.

Para o povo do vale, eles poderiam se relacionar sexualmente à vontade uns com os outros, pois não estavam cometendo pecado algum. Os deuses a quem serviam não se incomodavam com suas práticas homossexuais. Além das práticas homossexuais, a infidelidade conjugal era algo comum entre aquele povo e trouxe sérios danos à saúde de muitas pessoas. Doenças eram transmitidas, muitas dessas pessoas morreram ainda jovens, enquanto outras levavam uma vida de dor e sofrimento.

Deus deu oportunidade para aquela gente se arrepender, mas em vez disso, confirmaram suas práticas homossexuais, pedófilas e orgias de todas as formas às quais Deus abomina. O Senhor ama o pecador, mas abomina o pecado, e isso, tanto de homossexuais quanto de heterossexuais.

Há pessoas que condenam os *gays*, os consideram pecadores, sentam-se no trono de Deus e os condenam, como se fossem melhores ou menos pecadores porque não praticam essas coisas, contudo, são ainda mais pecadores, pois, supondo conhecer a Deus, negam o amor, a misericórdia e o perdão, além de praticarem pecados tão graves quanto os praticados por aqueles a quem condenam. Jesus chamou de hipócritas essas pessoas.

Quando Ló escolheu ir para Sodoma, foi uma decisão egoísta. Ele sabia da fama da libertinagem daquele lugar, ele sabia que ali não era o melhor lugar para educar suas filhas no caminho do Senhor, mas, mesmo assim, insistiu em ir para lá. Contudo, uma vez que ele foi morar ali, Deus não o abandonou. Muito pelo contrário, Ele o usou como uma luz a brilhar para seus habitantes, porém eles rejeitaram a luz que recebeu.

Nos meus dias também não é muito diferente. Aqueles que ensinam que devemos corrigir nossa conduta sexual e moral à luz da Palavra de Deus são vistos como fundamentalistas, ultrapassados e intolerantes. Os apelos para uma mudança de caráter nunca foram aceitos nem no passado nem nos dias atuais e aqueles que ousam anunciar tais verdades serão sempre alvos dos ataques do diabo por meio daqueles que o seguem.

Sem quererem mais ouvir os conselhos de Ló, os sodomitas arremessaram-se violentamente contra ele. Se os anjos não o tivessem socorrido, certamente teria sido abusado até a morte, tamanha a fúria da multidão.

Os visitantes o puxaram para dentro da casa e fecharam a porta.

Um na multidão disse:

— Vamos arrombar e invadir a casa de Ló.

Enfurecida a multidão se voltou para a residência daquele filho de Deus, mas, de repente, algo incomum aconteceu. Os sodomitas não conseguiam mais encontrar a porta da casa de Ló, tateavam como cegos. Já eram cegos espirituais e agora estavam literalmente cegos. Eles diziam uns aos outros:

— O que aconteceu? Onde está a entrada da casa?

Outros, mais ao fundo, gritavam:

— O que está acontecendo? Vamos! Adiantem! invadam a casa!

— Não sabemos onde está a entrada da casa.

— Como não sabem? Nós estamos na frente dela, não saímos daqui. Arrombem essa maldita porta.

— Não há mais porta nenhuma aqui.

O homem, atravessou a multidão bradando:

— Deixe eu chegar até aí e vou mostrar a vocês como é que se faz.

Ele caminhou entre seus companheiros que abriram caminho, mas quando chegou onde estavam os primeiros, entendeu o que seus conterrâneos estavam dizendo. A porta havia sumido, eles não podiam vê-la. Cansados de procurar a entrada da casa sem acharem-na, um por um foi deixando o lugar e a multidão foi se desfazendo. Eles voltaram para suas casas frustrados e sem entender ao certo o que lhes tinha ocorrido.

Dentro da casa, todos estavam apreensivos, em pânico, mas, os visitantes não puderam mais esconder o que realmente eles eram e a missão que estavam para desempenhar. Revelaram para Ló suas ordens quanto à cidade e a sua natureza divina. Ao ouvir as palavras dos anjos, todos ficaram com mais medo ainda. As filhas de Ló se entristeceram por seus noivos. Ló, então, pediu aos anjos:

— Por favor, deixe-me ir avisar aos meus genros o que acontecerá.

— Sim, eu permito que você os avise.

Sua esposa, porém, falou:

— Você perdeu o juízo? Os habitantes daqui quase lhe tiram a vida e você quer ir lá fora?

— Eles já foram para suas casas, são supersticiosos, não sairão mais de casa hoje.

Ló correu para a casa de seus futuros genros, para alertá-los que o grande dia da destruição aconteceria no dia seguinte, mas eles não acreditaram no que o sogro falava. Frustrado, Ló retornou para sua casa.

Ao romper do dia, os anjos acordaram a família para que pudessem apressar a saída, pois a destruição só começaria quando eles estivessem longe o suficiente para não serem afetados. Os anjos tinham pressa em acabar com toda aquela pecaminosidade.

Mas Ló se demorava para deixar tudo que possuía, então os anjos pegaram a família pelas mãos e os levaram para fora da cidade e deram ordens para seguirem em frente sem olharem para trás.

Eu permaneci na cidade, pois queria ver tudo bem de perto. Cedo eu acordei, com os primeiros raios do sol, afinal já estava há tanto tempo com Abraão que me acostumei a acordar de madrugada, vi quando a família foi levada da cidade.

O dia raiou normalmente, nenhuma nuvem no céu, nenhum trovão, nada prenunciava o que ia acontecer. A população começou a acordar preguiçosamente, aos poucos as ruas foram ganhando vida, homens, mulheres e crianças encheram de cores e vozes as ruas e praças, sem saberem que aqueles eram seus últimos momentos.

As cidades eram conhecidas pela vida ociosa e descompromissadas que levavam.

Nem todos haviam acordado, pois ainda era muito cedo, quando um estrondo medonho nos fez olhar para o céu. Olhei para cima e vi algo diferente, como um raio, um meteorito, semelhante ao que vi com os pastores de Jó. Permaneci olhando, quando uma pequenina pedra incandescente caiu a poucos metros de onde eu estava. Fui até o local da queda. Era uma pedra escura e lisa, pensei em pegá-la, mas, ouvi os gritos apavorados das pessoas, então olhei ao redor e depois para o alto.

Outras bolas de fogo cruzaram a nossa atmosfera e vinham em nossa direção. Os que estavam dormindo acordaram assustados com os estrondos no céu e os gritos das pessoas e correram para fora de casa para ver o que estava acontecendo. Não demorou muito para a primeira pedra de maior proporção atingir o solo provocando um barulho ainda mais assustador. Até aquele momento os habitantes ainda não haviam se dado conta do perigo e as ruas começaram a ficar cheias de curiosos, mas quando a chuva se intensificou, destruindo o templo dedicado a Baal, matando alguns de seus sacerdotes, o desespero tomou conta de todos.

Várias outras pedras caíram, como numa chuva de fogo. As casas que não foram destruídas com o impacto delas estavam em chamas. As bolas de fogo atingiram pessoas, matando-as no mesmo instante. Vi os genros de Ló lamentarem não terem dado ouvidos ao sogro.

Quantas pessoas lamentarão no Último Dia por não terem dado ouvidos aos mensageiros de Deus. Tantos que hoje, além de não darem ouvidos aos avisos divinos, zombam de seus emissários, porém, estes, chorarão ao sofrerem o peso dos últimos flagelos do Todo Poderoso.

A chuva de fogo se tornou mais e mais intensa. Os sobreviventes corriam de um lado para outro, procurando algo que lhes oferecessem um abrigo seguro, outros tentaram sair da cidade, mas foi em vão.

Vi pessoas sendo queimadas vivas, correndo desesperadas com o corpo em chamas. Vi crianças sozinhas apavoradas, até serem atingidas pelas pedras ou pelas chamas. O calor ficou insuportável, corri para o mais longe que pude da cidade, subi num lugar mais alto e de lá eu vi a cidade queimar por completo até não restar mais nada. Durante muito tempo as chamas prevaleceram até, por fim, cederem.

Quando o fogo se apagou, voltei à cidade para ver o que havia restado, mas tudo estava destruído. O calor ainda era muito forte. Caminhei cuidadosamente pelas ruínas, não havia mais ruas, nem casas, nem seus belos jardins, tudo estava destruído. Havia restos de corpos carbonizados por todos os lados, ninguém ficou vivo para chorar as perdas, nenhuma construção ficou intacta, tudo estava destruído.

Quando estava ali observando tudo aquilo, o meu anjo acompanhante aproximou-se de mim e me disse:

— Acabou, Ângela! Devemos voltar para o acampamento de Abraão.

Sobrevoamos as cidades destruídas. Vista de cima, a desolação era ainda pior. Seguimos por sobre o deserto e, ao nos aproximar do acampamento do pai da fé, o anjo me colocou no chão e voltou a ter uma aparência de humano novamente.

Eu perguntei:

— Como consegue fazer isso?

— Os anjos que auxiliam aqui na Terra podem se tornar como humano sempre que necessitar.

Durante muitos anos as ruinas das cidades permaneceram visíveis, como uma advertência muda para todos que passavam. Mas, com o passar do tempo, a areia cobriu o que sobrou, sepultando seus pecados, até o momento, quando, se Deus assim permitir, for revelado para o mundo contemporâneo.

O filho da promessa

Ao chegarmos à tenda de Abraão, este, já tinha feito os preparativos para viajar. Ele estava há muito tempo vivendo ali, naquele lugar. A caravana já estava de partida. Durante todos esses anos a riqueza de Abraão havia aumentado bastante. Saímos dali e seguimos para a terra do Neguebe. Habitamos um tempo entre Cades e Sur, depois seguimos para a cidade de Gerar, onde o patriarca armou suas tendas, embora Sara já tivesse com uma idade avançada, era ainda uma mulher muito bonita, não aparentava ter a idade que tinha.

Vendo Abimeleque, rei de Gerar, que Sara era uma mulher belíssima, mandou seu servo perguntar a Abraão o que ela era dele, e ele disse que ela era sua irmã, omitindo novamente a verdade, então o rei mandou buscá-la.

À noite, antes que Abimeleque tivesse relações sexuais com Sara, Deus o fez dormir e em sonho apareceu a ele e o alertou que Sara era esposa de Abraão. Antes que o dia raiasse, o rei mandou chamá-lo e lhe devolveu a esposa, dando-lhe alguns presentes, como: ovelhas, bois, servos e servas.

É difícil entender como um homem como Abraão acabou cometendo o mesmo erro. Da primeira vez até se pode compreender, afinal ele ainda não estava acostumado à nova vida, mas depois de tantos anos vivendo com Deus, depois de ver o livramento que Ele concedeu no Egito, como pode o pai da fé repetir a mesma falha de tantos anos atrás?

Mas essa história nos mostra como Deus é paciente conosco, mostra o quanto nos ama e como sempre está disposto a nos perdoar. Ela também nos ensina, que mesmo pessoas tementes a Deus, não está isenta de falhas e quedas espirituais e a estes,

Deus perdoa de igual modo aquele que comete essas coisas com mais frequência.

Quantas vezes nos revoltamos ao perdoar as ofensas que alguém nos causou, principalmente quando é reincidente, como se nós não fizéssemos a mesma coisa, como se não cometêssemos os mesmos erros.

Depois disso, passados alguns meses, algo diferente começou a acontecer com Sara. Mudanças em seu corpo lhe chamaram a atenção. Os primeiros enjoos lhe deixaram preocupada, mas, quando a barriga começou a crescer, então não houve mais dúvidas, estava grávida mesmo! Que felicidade! Quanta alegria para todos! A única pessoa que não parecia muito feliz era Hagar.

Durante os treze últimos anos, Hagar alimentara esperanças de ser a senhora de Abraão, afinal, seu filho, até então, era o único herdeiro dele. Quando soube da gravidez de sua senhora, ela passou a ficar pelos cantos, cheia de inveja e ódio pela felicidade de Sara.

Certo dia, enquanto Sara acariciava seu ventre, conversando com o seu bebê, Hagar queimava de inveja e ódio. Hagar então falou a seu filho:

— Essa criança é uma tragédia para você, meu filho. Para nós dois.

— Por que a senhora acha isso?

— Você não entende, né? Esse menino vai tomar tudo que é seu, mesmo sendo mais novo que você, ele tem mais direitos que você, porque ele é o filho da esposa e não da serva.

— Eu não ligo para isso, mamãe.

— Não liga é? Você não entende mesmo! Ele além de tomar tudo que é seu, vai tomar seu pai de você, ele vai ser o preferido de todos, enquanto você – ela baixou a cabeça por um instante, depois ergueu novamente – enquanto você terá que se contentar com as sobras.

— Não é verdade! Meu pai não faria isso.

— Você acha que não? Eu também pensava que ele nunca me abandonaria, nunca me desprezaria, mas, eu não sou nada para ele, não tenho valor algum, tudo é para ela, só para ela. Será assim com você também.

O menino olhava para a mãe e para Sara, ponderando tudo que havia ouvido, em seu íntimo. Começou a desenvolver um sentimento de revolta e desamor pelo seu irmão.

Sara observava tudo em silêncio, via que Ismael não se sentia feliz com a chegada de seu filho, e temeu pela integridade física e espiritual de sua criança, contudo permaneceu calada, pois não queria se precipitar novamente.

Os dias foram se passando e Sara cuidava pessoalmente do enxoval de seu filho. Passava horas preparando as roupinhas que o bebê vestiria... Cada dia que passava aumentava ainda mais sua ansiedade, até que o grande dia chegou.

Isaque nasceu forte e com saúde. Pai e mãe choraram ao terem nos braços o filho da promessa, o filho que durante tantos anos esperaram. Parecia agora um sonho, um belo sonho.

Eu ainda não os tinha visto tão felizes como os vi no dia do nascimento de seu filho. A tenda de Sara parecia mais iluminada com a chegada do bebê e, de fato, estava.

Com o nascimento de Isaque, eu, a pedido de Sara, me tornei babá dele. Senti-me feliz com a nova função, pois me fazia lembrar de meu próprio filho que há muito tempo não via.

À medida que o menino crescia, ficava mais evidente a inveja e o ciúme de Ismael. Sara observava silenciosamente, mas por amor a Abraão procurou ser tolerante.

Quando Isaque já estava grande o suficiente para ser desmamado, seu pai deu um grande banquete para comemorar, como o que fazemos hoje no dia do aniversário de nossos filhos. Todos fomos convidados. A festa estava bastante animada, o garoto estava muito feliz e os pais também.

Momentos antes, enquanto todos estavam empenhados no banquete, Hagar se afastou com seu filho. Foram andar um pouco, então a mãe falou:

— Viu o que eu disse a você, antes desse inútil nascer?

O garoto permaneceu calado, e sua mãe continuou:

— Ele nunca fez um banquete para você, mas para o queridinho dele, veja a festa que ele vai dar.

O menino continuou calado, mas era evidente o seu desagrado. Na hora do banquete, Sara me encarregou de cuidar do menino. Ele brincava descontraidamente com outras crianças, corria entre as tendas, se escondia atrás delas, fazia barulho, coisas de criança.

Sara não desviava o olhar de seu filho, mesmo sabendo que eu estava cuidando dele. Seu amor por ele era tão imenso que não conseguia imaginá-lo um segundo longe de suas vistas.

Porém, num momento, num piscar de olhos, nós o perdemos de vista. Ela se levantou e veio procurá-lo comigo. Nós o encontramos chorando, atrás de sua tenda. Ismael estava com ele, mas não estava cuidando do menino, estava zombando dele, humilhando-o, ele dizia:

— Você não passa de um bebezinho chorão, vive agarrado à saia da mãe.

— Não vivo, não! Respondeu Isaque – Você é que é chato e sua mãe não gosta de mim.

Eu ia intervir, pegar o menino, mas Sara fez sinal para não me movimentar, nem fazer nenhum barulho, Ismael continuou:

— Sua mãe não presta, sabia? Talvez você nem seja filho de meu pai, seu pai pode ser o rei Abimeleque. Pergunte a sua mãe!

— Não é verdade! Você é um mentiroso! Isaque contestou.

Mas o filho de Hagar argumentou:

— Mentiroso é? Todos no acampamento sabem disso, mas ninguém tem coragem de falar nada, porque se disserem, ela é capaz de mandar embora ou até mesmo de matá-los. Meses antes dela engravidar de você, ela foi levada para ser a esposa do rei, mas ela é tão insuportável que ele veio devolver no outro dia.

Nesse momento Ismael viu Sara atrás da barraca. Ela estava chocada com as insinuações do menino, ela olhou para ele e disse com os dentes serrados:

— Saia já daqui!

Ele saiu correndo, parecia amedrontado, correu para sua mãe. O semblante de Sara estava mudado. Ela voltou para o banquete e chamou Abraão em particular e disse:

— Hoje eu peguei Ismael dizendo coisas horríveis a Isaque. Desde que eu engravidei, ele e a mãe têm me tratado de forma diferente, vejo ódio neles. Não os quero mais aqui entre nós. Por favor, mande-os embora, o filho dessa escrava não será herdeiro com Isaque.

Abraão se calou. O pedido de Sara caiu aos seus ouvidos como uma bomba. Ele amava Ismael, como poderia mandá-lo embora?!

O banquete terminou sem a mesma alegria com que começou. Assim que todos se foram para suas tendas, Abraão se afastou um pouco do acampamento e foi conversar com Deus. Estava cabisbaixo, pensativo, angustiado com o pedido de sua amada esposa.

Pediu conselhos a Deus. O velho pai amava demais seu filho para despedi-lo. Da última vez que a mãe do menino foi para o deserto só não morreu porque um anjo a socorreu.

Sozinho, na escuridão da noite, Abraão ergueu a voz a Deus. Seu coração estava angustiado, ele chorava contando ao Pai sobre o pedido da esposa. Escondi-me atrás de um carvalho e enquanto estava ali, ouvi a voz de Deus dizer a Abraão:

— Não te pareça isso mal por causa do moço e por causa da tua serva; atende a Sara em tudo o que ela te disser; porque por Isaque será chamada a tua descendência. Mas também do filho da serva farei uma grande nação, por ser ele teu descendente.

Quando eu ia me levantando do lugar em que estava escondida, dei de cara com meu anjo acompanhante. Quase morri de susto! Ele me disse:

— Bisbilhotando no escuro, hem!

Eu respondi:

— Bisbilhotando, não! Verificando, comprovando. E por falar nisso, por que Deus consentiu com isso: mandar o garoto embora?! Que perversidade! Afinal, foi seguindo o conselho de Sara que Abraão fez o que fez.

O anjo então contrapôs:

— O menino seria uma má influência para Isaque. Ele foi mal-educado pela mãe, nutre sentimentos ruins pelo irmão. Além do mais, sua mãe é idólatra. Ela adora vários deuses e tem ensinado o mesmo a seu filho.

Ismael teve duas influências: a de seu pai e a de sua mãe. No futuro, isso vai se manifestar ainda mais em seus descendentes. Deixar os irmãos crescerem juntos seria um desastre espiritual. E quanto a Abraão, ele poderia muito bem ter recusado quando a mulher lhe propôs ter um filho com a serva. Ele escolheu não confiar na promessa, quis apressar a bênção, agora terá que conviver com as consequências. E Hagar também não é tão inocente assim nessa história, ela viu nessa situação a oportunidade perfeita para tomar o lugar de Sara.

Abraão, assim que terminou de conversar com Deus, foi até a tenda de Hagar e seu filho e os chamou para conversar. Eles saíram da tenda, porém Abraão permaneceu calado por algum tempo, olhava para o menino com compaixão e amor.

O menino olhava para a mãe apreensivo. Hagar quebrou o silêncio:

— Vai ficar aí parado, sem dizer nada?

O ancião respirou fundo, fechou os olhos lacrimejados e disse:

— Ismael passou dos limites hoje cedo...

— O seu filho não falou nada que não fosse verdade e você sabe disso! O que vai fazer com ele? Vai deserdá-lo?

O ancião ignorava as afrontas.

— Antes que o sol nasça, eu quero vocês dois longe daqui.

Hagar, atônita com o que ouviu, disse:

— Você não pode fazer isso com a gente. É o seu filho!

— Por favor, Hagar, não torne as coisas mais difíceis.

— Foi aquela louca, não foi? Ela convenceu você a fazer isso. Claro! Agora não precisa mais do meu menino, já tem o dela, só pode ter sido ela que lhe pediu tal coisa! Ela quer ver o nosso filho morto, é isso que ela quer.

— Não se preocupe, Hagar, Deus me prometeu que cuidaria dele onde ele estivesse e que dele faria uma grande nação.

— Eu não acredito num Deus que pede para um pai abandonar o filho à própria sorte.

— Você não acredita em Deus de qualquer jeito, mas Ele vai cuidar do menino mesmo assim.

O ancião baixou a cabeça e disse:

— Antes do sol nascer eu chamarei vocês.

Depois dessa conversa, todos foram dormir e eu fui para minha tenda descansar. Estava exageradamente cansada, contudo, de madrugada o anjo me acordou:

— Ângela, acorde. Venha ver.

Levantei-me com vontade de ficar um pouco mais na cama, muito embora ela não fosse assim tão confortável quanto a minha. Meus olhos pareciam pesados, com muita dificuldade me ergui e fui ver.

Ismael e Hagar

Ainda estava escuro quando Abraão chamou Hagar e Ismael. Ele colocou sobre os ombros da mãe pão e água com fartura para vários dias e disse:

— Se vocês economizarem, há aqui, comida e água suficiente para vocês chegarem em alguma aldeia ou poço próximo. Vocês devem seguir nessa direção. Não tenham medo. O Senhor enviará seu anjo para protegê-los.

— Você vai fazer isso mesmo – disse Hagar enfurecida – com seu filho? Que tipo de pai é você?

O homem não disse nada, estava triste demais para falar alguma coisa. Com lágrimas nos olhos, abraçou e beijou seu filho querido e o entregou à mãe. Em seguida os mandou embora. Hagar orgulhosa, nem suplicou perdão, saiu pelo deserto, caminhando sem destino.

Assim que eles desapareceram na escuridão, o velho homem levou ao rosto suas mãos e chorou um choro que começou silencioso, porém, foi se tornando mais e mais audível até não conseguir se controlar mais e tornar-se em soluços que saíam de sua velha e cansada alma.

Sara aproximou-se dele, não lhe disse nada, não havia nada que pudesse consolá-lo naquele momento. Ela apenas o abraçou, com um abraço materno, acolhedor e ele chorou em seus braços por longo tempo.

No deserto, Hagar seguiu na direção que Abraão indicou, mesmo não sabendo se localizar muito bem.

Mal o dia raiou, o calor se tornou insuportável, a areia parecia invadir todo o corpo, causando-lhes sede e cansaço. O dia passou nessa situação, sem nenhuma novidade.

À noite, o frio era congelante. Eles armaram a tenda para se protegerem e se deitaram para descansar. Cedo, Hagar se levantou, chamou seu filho e prosseguiu sua viagem. Dois dias no deserto e eles não encontraram água. A mulher começou a se preocupar. A provisão que tinha trazido consigo mal daria para o dia seguinte, e isso, se economizasse bastante, o que não foi o caso.

Mais um dia se passou e eles não conseguiram encontrar água, o último odre já estava abaixo da metade. Antes que o sol nascesse, Hagar chamou o seu filho e desarmaram a tenda. Seu filho então perguntou:

— Que direção seguiremos, mamãe?

Hagar olhava o horizonte, esperando de seus deuses um sinal, qualquer coisa que pudesse indicar o caminho a seguir, mas nada de diferente acontecia, nenhuma nuvem estranha aparecia no céu.

— A senhora está perdida, não é, mamãe?

— Não, meu filho. Não estamos perdidos. Segui na direção que seu pai nos indicou, mas já era para a gente ter encontrado água. Eu não entendo.

— A senhora deve ter se perdido. Se meu pai estivesse aqui, ele saberia o caminho.

— Se seu pai estivesse aqui? Seu pai nos mandou para a morte. Será que você não percebe? Não há água nenhuma. Ele nos mandou para morrer aqui no deserto.

O menino não disse nada. Ela, então completou:

— Vamos continuar, vamos continuar no caminho que ele nos indicou.

Eles caminharam toda aquela manhã. O sol escaldante fazia os dois beberem água constantemente. Hagar, ao perceber que a quantidade estava muito pouca e que ainda não havia vencido a metade do dia, parou de beber água para poupá-la para seu filho, mesmo a sede sendo muita.

Ismael não parava de beber água. A sede era tão grande que quando ele entornava o odre, a água corria por suas bochechas, atingindo o pescoço. Sua mãe ao ver aquilo, disse:

— Calma aí, rapazinho! Não sabemos quanto ainda falta para a gente chegar numa aldeia ou em algum reservatório de água.

O menino balançou positivamente a cabeça, mas continuou a beber água descontroladamente. Antes do meio-dia, o último odre já estava completamente vazio, mas o garoto, nem tinha se dado conta disso. Ao meio-dia, eles pararam para se alimentar e descansar um pouco. Em seguida continuaram a jornada. Depois de algum tempo, o menino procurou o odre para saciar sua sede. Sua mãe o entregou. O rapaz ergueu-o acima de sua cabeça, mas apenas umas poucas gotas de água cairam. O rapaz olhou para a mãe e disse:

— Não tem mais água nesse, mamãe.

— Já acabou? Eu disse a você para ter cuidado, para economizar.

— Eu estava com sede, o que a senhora queria que eu fizesse?

— Economizasse, só que economizasse. Não temos mais água, mas não se preocupe, encontraremos logo.

Eles caminharam toda aquela tarde, mas não encontraram água. Ao final do dia, os dois estavam exaustos. Armaram a tenda, alimentaram-se e dormiram. No dia seguinte, Hagar chamou seu filho. Este acordou sedento e disse:

— Estou com muita sede, mamãe! Não consigo seguir sem água.

— Precisa aguentar um pouco mais – disse a mãe tentando esconder o desespero em seus olhos – logo encontraremos água.

Os dois continuaram sua caminhada. Cada passo que davam tinha o peso da morte. Ismael cambaleava. Exausto, ele parou e disse:

— Água! Eu preciso de água!

— Só mais alguns passos, meu filho, e encontraremos água, tenha fé.

Os dois tentaram encontrar o líquido da vida para saciar a sede, mas nada encontraram a não ser areia. O jovem Ismael, acostumado aos mimos das tendas de seu pai, não suportou o desgaste físico e caiu.

Sua mãe o segurou, como as mães seguram seus pequenos quando estão aprendendo a andar, mas, nada mais podia fazer. Arrastou o jovem até um arbusto e se afastou um pouco, porque não suportava a ideia de vê-lo perecer.

Distante o suficiente para não o perder de vista, a orgulhosa Hagar chorou. Ela sabia que seu espírito altivo e desobediente levou seu filho e a ela mesma a esta situação. Se ao menos tivesse se arrependido, se tivesse aceitado seu lugar ao lado de Sara, sua senhora, por certo estaria segura e o rapaz estaria vivo. Mas ousou querer um lugar que não lhe pertencia.

No arbusto Ismael chorava desvalido, gritava o mais alto que podia pela sua mãe, mas tudo que saia de sua garganta eram apenas pálidos gemidos quase inaudíveis.

De onde ele se encontrava, via ao longe sua mãe. Ele não entendia porque ela o havia abandonado ali. Será que ela havia se cansado de arrastá-lo pelo deserto e decidiu deixá-lo à própria sorte?

Lembrou-se do Deus de seu pai. Quantas vezes O havia adorado junto com ele. Em sua angústia, sussurrou por auxílio divino do Deus de seu pai.

Hagar, sentada à sua frente, chorava. Sabia que ele não duraria muito tempo vivo. Clamou pelos seus deuses, mas não obteve resposta. Quando tudo parecia perdido, um anjo de Deus apareceu e disse:

— Que tens Hagar? Não temas, porque Deus ouviu a voz do menino. Ergue-te, levanta o rapaz, segura-o pela mão, porque Eu farei dele um grande povo.

Levantando os olhos, Hagar viu um poço de água, encheu o odre e deu ao rapaz que ao beber, recuperou suas forças.

A solução para o problema de Hagar estava bem à sua frente, mas ela estava tão angustiada pela sua vida egoísta e pelo problema que estava enfrentando, que nem conseguia enxergar o poço.

Quantas vezes acontece a mesma coisa com a gente. Deus já providenciou o que necessitamos, mas estamos tão afundados em nós mesmos, em nossos problemas que nos esquecemos de olhar ao nosso redor e ver a providência divina para nossos problemas e sofrimentos.

No deserto, Ismael cresceu e se tornou uma grande nação. Seus descendentes habitam parte do Oriente Médio até aos dias de hoje.

A educação dividida que ele recebeu foi transmitida a seus descendentes que se tornaram politeístas, feiticistas, mas, com o passar do tempo, eles adotaram o monoteísmo.

Depois disso, retornei para o acampamento de Abraão. Eu já estava com saudades. Já estava há tanto tempo vivendo com ele, observando sua vida, que não tinha como não ser tocada pelo seu testemunho. Não tinha como não sentir falta dos cultos e da vida peregrina, porém, tranquila que tínhamos em suas tendas.

O estranho pedido de Deus

Quando chegamos no acampamento de Abraão, vi que havia se passado alguns anos. Isaque agora era um rapaz, e em tudo era diferente de seu irmão: tinha um comportamento obediente, era um jovem educado. Sara não se descuidou da educação dele.

Era noite quando chegamos ao acampamento. O rapaz estava sentado à porta de sua tenda e ao me ver, disse:

— Zaíra, por onde você estava? Eu lhe procurei o dia todo!

Eu fiquei surpresa. Quando eu saí para acompanhar Hagar, ele era um menino de aproximadamente 5 anos e agora já era um rapaz entre 15 a 17 anos! Caminhei até ele e me sentei ao seu lado. Passei a mão em seus cabelos escuros e dei um leve sorriso.

— Estava por aí, caminhando e conhecendo as coisas.

— Você se lembra de quando eu era criança e você me contava um monte de histórias para eu dormir?

— Lembro. Como poderia me esquecer?

Ele colocou a cabeça em meu colo e eu acariciei seus espessos cabelos e ficamos assim por algum tempo sem dizer nada um ao outro. Depois ele falou:

— Zaíra, você se lembra de meu irmão Ismael?

— Lembro-me sim, por quê?

— Às vezes fico me perguntando o que terá acontecido a ele. Você acha que ele sobreviveu, que ainda está vivo?

— Está sim, com certeza está.

— Como pode ter tanta certeza?

— Intuição feminina.

Ele deu uma pausa, depois falou:

— Já pensou se a gente pudesse conhecer o futuro, antes de acontecer? O que você faria?

Essa pergunta me fez pensar um pouco, pensar nas coisas que realmente me importavam, nas pessoas que eu amava, então falei:

— Penso que faria muita coisa diferente. Tentaria errar menos e daria mais importância às coisas que realmente importam e lutaria, com todas as minhas forças para proteger e salvar as pessoas que eu amo.

— A mim, você quer dizer!

— A você também!

Eu esfreguei meu punho em seu couro cabeludo, fazendo ele empurrar a minha mão e levantar-se para revidar, mas Sara estava ao nosso lado dizendo:

— Você não deveria permitir isso Zaíra. Esse menino não vai lhe respeitar.

Eu apenas sorri e ela direcionou o olhar para ele e disse:

— Ora de dormir, rapazinho.

— Aaaah! Deixe a gente ficar só mais um pouquinho, mamãe!

— De forma alguma! Despeça-se de Zaíra e vá para sua tenda descansar.

O rapaz me deu um beijo na face, beijou sua mãe e seu pai e foi se deitar. Eu me levantei para ir para minha tenda. Sara, então, falou:

— Crescem tão rápido! Para mim, é como se fosse ontem que ele nasceu.

Eu respirei fundo. Uma saudade invadiu meu coração. Meus pensamentos foram ao quarto de meu filho, quando saí de casa aquela noite sem me despedir. Sua face rosada, dormindo delicadamente em seu berço, na penumbra daquela noite, senti uma lágrima quente rolar pela minha pele levemente fria. Olhei para Sara e disse apenas:

— Durma bem, Sara!

Ela sorriu e fez um gesto positivo com a cabeça como se me desejasse o mesmo.

Sara foi para sua tenda e eu também me dirigi à minha, porém quando ia entrando, vi um vulto na escuridão que se afastava do acampamento. Fiquei curiosa e fui ao encontro dele. Caminhei devagar para não fazer nenhum barulho. Era Abraão sozinho em oração. Escondi-me. Ele orava a Deus como se estivesse conversando com um amigo, nada Lhe escondia, depois de algum tempo que ele estava assim, a voz de Deus soou dizendo:

— Abraão!

Abraão tinha uma intimidade tão profunda com Deus que reconheceu a voz dEle imediatamente, então respondeu:

— Eis-me aqui, Senhor.

— Toma teu filho, teu único filho Isaque, a quem amas, e vai-te à terra de Moriá; ofereça-o ali em holocausto, sobre um dos montes, que eu te mostrarei.

Mesmo no escuro, pude ver que o semblante de Abraão se empalideceu, mas não questionou a ordem por mais estranha que fosse. Levantou-se da oração e se dirigiu para sua tenda. Eu o acompanhei de longe.

Naquela noite ele não conseguiu dormir. Olhava para Sara como se desejasse acordá-la, contar-lhe o estranho pedido que Deus tinha lhe feito, mas não teve coragem, não podia arriscar, ele temia que Sara o impedisse de cumprir a ordem divina, levantou-se, ainda de madrugada, chamou dois de seus servos mais fiéis e disse:

— Rachem lenha, pois, vamos adorar a Deus.

Depois, foi até à tenda de Isaque e o acordou. Mandou seus servos preparar os animais que os levariam para o monte do sacrifício e partiu.

Anael se aproximou de mim, trazia dois jegues, me entregou um e disse:

— Nós vamos com eles! Não precisa bater no animal para ele andar, basta fazer assim: ssssmack, ssssmack, ssssmack!

Para parar é só puxar as rédeas para trás. Quando for desviar para um lado ou outro, puxe as rédeas na direção que deseja seguir.

Peguei as rédeas da mão do anjo, olhando em seus olhos, disse:

— Qual é? Fala sério! Vamos viajar de jegue agora?! Um jumento que atende beijinhos! Isso é gozação, né?!

— Não! Por que acha que seria? Eles vão viajar assim e nós também.

Montei no animal e dei duas tacadas em suas ancas, o jegue balançou-se, baixou a cabeça e zoooooomm! Disparou, me fazendo passar rapidamente pelo anjo. Comecei a gritar, pedindo ajuda a Anael! Ele gritou para mim:

— Puxe as rédeas para trás.

Eu puxei as rédeas com tanta força que meus dedos doeram. O jumento parou bruscamente, e eu voei por cima do animal, me esborrachando no chão.

Anael veio ao meu encontro sorrindo e perguntou:

— Você se machucou?

— Não. Por sorte o solo aqui é fofo, mas o que engoli de areia dava para construir uma casa!

— Por que você não fez como eu disse?

— Achei que você tivesse me zoando.

— Bom, agora sabe que não estou. Algumas pessoas são assim mesmo, só aprendem depois que se machucam.

— Eta! Também, você não deixa passar nada. Misericórdia!

Quando o sol saiu no horizonte, nós já estávamos distantes do acampamento. Abraão, os dois servos e Isaque iam à nossa frente, eles não conseguiam nos ver.

De tempos em tempos, parávamos para descansar um pouco e comer alguma coisa e depois seguíamos viagem. Durante todo o percurso, Abraão se manteve calado. Seu semblante estava apreensivo e angustiado, não ousava falar uma palavra por mais simples que fosse. Todos estranharam o comportamento dele, mas ninguém ousou lhe perguntar nada.

Isaque não estranhou o fato de seu pai o acordar no meio da noite para ir adorar. Isso era costume do patriarca, mas o silêncio e a expressão de angústia na face de seu pai o incomodava.

Abraão conhecia muito bem aquela região, peregrinava nela há aproximadamente quarenta anos. Sua fé e bondade eram conhecidas por todos os povos que ali habitavam. Por onde ele passava, erguia um altar em adoração a Deus, de modo que quem passasse sabia que ele havia passado por ali.

Caminhamos o máximo que pudemos durante aquele dia, ao entardecer, Abraão disse a seus servos:

— Preparem o acampamento, dormiremos aqui esta noite.

Os servos armaram a tenda, Isaque acendeu a fogueira e os servos prepararam a refeição. Enquanto eles comiam, o idoso pai se afastou para um lugar solitário, a pouca distância, para conversar com Deus:

— Meu Deus, porque me pediste tal coisa? Por que o meu filho? Eu lhe entrego a minha vida em lugar da vida dele, mas deixe o menino viver.

Abraão curvava-se com o rosto por terra, esperando uma resposta. Suas lágrimas corriam pela face enrugada, mas nada, nenhuma palavra foi ouvida em resposta à sua oração. Ele retornou para o acampamento ainda mais angustiado, naquela noite ele não dormiu.

Novamente, antes que surgisse no céu os primeiros raios solares, levantamos, adoramos a Deus e seguimos viagem. Isaque até tentou conversar, mas seu pai não respondia nada além do necessário. O dia passou sem novidade. Ao entardecer, Abraão deu a ordem para descansar.

Nessa segunda noite tudo se repetiu como na anterior. Enquanto todos dormiam, Abraão se retirou para orar, sozinho no escuro, seu clamor se ergueu em pranto:

— Meu Deus, por que Te calas diante de minha angústia, por que me abandonaste? Responde, Senhor, ao meu clamor!

Mais uma vez a voz de Deus não foi ouvida e Abraão voltou para o acampamento para tentar descansar, mas foi em vão, seus pensamentos o consumiam: o que contaria a Sara quando voltasse sozinho, sem o menino? Ou será que Deus o traria de volta a vida assim que o matasse? E se não o ressuscitasse?

Sua cabeça parecia dar giros no ar: como poderia matar o próprio filho? E se na última hora suas mãos falhassem? Ele sacudia a cabeça para tentar afugentar seus pensamentos, mas não funcionava. E nessa angústia de espírito, ele ansiava que o amanhecer lhe trouxesse, da parte de Deus, um pouco de alívio.

O sacrifício

Três dias se passaram nessa aflição. Os momentos de descanso eram curtos. Ao terceiro dia, chegamos no lugar indicado por Deus para o sacrifício. Ao longe avistamos o monte. Uma nuvem estranha parecia cobrir o topo, mesmo àquela distância podíamos ver relâmpagos e raios. Abraão sabia que aquele era o sinal, aquele era o monte.

Sua angústia aumentou ainda mais. Ele ansiou por uma contraordem durante todo aquele percurso, mas nada se ouviu; desejou ouvir a voz de Deus dizendo que sua disposição para cumprir a ordem era o suficiente, que não precisava executar a sentença, mas não ouviu nada, nem um alívio foi dado ao idoso pai.

Agora, avistando o lugar, seu amor por seu filho estremeceu dentro de si mesmo. Sabia que faltava pouco tempo para realizar o sacrifício, sabia como devia fazer, fez isso durante toda a sua vida com cordeiros, mas agora Deus lhe pediu seu próprio filho, o filho que ele esperou por longos e sofridos anos.

Na base do monte deixou ali seus dois servos e os jumentos, colocou a lenha sobre os ombros de Isaque sem dizer uma única palavra, pegou a faca e o fogo e caminhou para o cume.

Seguia num silêncio ainda mais profundo, sua dor interior podia ser ouvida pela expressão de seu rosto. Ele sabia que quando chegasse lá, deveria erguer o altar, colocar a lenha, deitar seu amado filho sobre ela, matá-lo e queimá-lo em seguida.

Mas como poderia fazer isso? Como sacrificaria seu menino por tanto tempo esperado? Como falaria a Isaque que ele era o sacrifício?

Enquanto um turbilhão de perguntas o perturbava, o silêncio foi quebrado pela voz do rapaz dizendo:

— Papai.

— Eis-me aqui, meu filho. – Com a voz trêmula ele respondeu.

— Eis o fogo e a lenha, mas onde está o cordeiro para o holocausto?

Aquela pergunta soou aos ouvidos do pai como um golpe fatal. Seu idoso coração desfaleceu em lágrimas, embora devesse contar ao garoto a verdade, de seus lábios falou apenas, com a voz embarga em lágrimas, que não podiam se ver, mas, sentir:

— Deus proverá para si, meu filho, o cordeiro para o holocausto.

O rapaz não fez mais perguntas, pois sabia que a fé de seu pai era forte. Chegando no alto do monte, os dois ergueram o altar e Isaque pôs a lenha sobre ele.

Quando tudo estava pronto, Abraão olhou para o céu pela última vez, esperando ouvir a voz do Pai lhe desobrigando do sacrifício, mas, não houve nenhuma resposta.

Quanta dor, quanta angústia, o ancião chamou seu filho e em prantos lhe disse:

— Meu amado filho, eu não sei como lhe dizer isso. Quando você me perguntou instantes atrás sobre o cordeiro para o sacrifício, eu não tive coragem de lhe contar a verdade.

Ele fechou os olhos, grossas lágrimas escorriam por sua enrugada face, suas velhas mãos tremiam, seu corpo todo estremecia de pavor.

— Que verdade, meu pai, o senhor não teve coragem de me contar?

O ancião permaneceu cabisbaixo, seu choro agora era alto e descontrolado, de seus lábios pronunciavam lamentos:

— Meu Deus! Meu Deus!

O rapaz abraçou o pai, ele também estava profundamente abalando, mesmo não sabendo do que se tratava. Abraão disse em lágrimas:

— Você é o cordeiro, meu menino! Você é o cordeiro que eu devo sacrificar! Eu esperava que Deus mudasse a ordem, mas isso não aconteceu. É você! É você! Eu não sei como vou fazer isso!

Estas últimas palavras saíram com muita dificuldade dos lábios do pai, junto com um soluço de angústia.

Isaque ouviu atentamente o que ele lhe dizia, e em prantos, falou:

— Não se angustie, meu pai, pelo que o senhor precisa fazer. Se esta é a vontade de Deus, nós devemos cumpri-la. Se eu sou o cordeiro, então, é uma honra ser símbolo do Cordeiro de Deus, e se Ele quiser, me fará voltar dos mortos.

Isaque poderia ter fugido dali, poderia ter se recusado. Era jovem e viril ao passo que seu pai já era idoso, porém preferiu obedecer a seu pai e a Deus. Os dois deram o último e longo abraço.

A vida de fé de Abraão moldou o caráter de seu filho a ponto de não rejeitar ser sacrificado por ele como um cordeiro. Deitou-se sobre a lenha, juntou as mãos e os pés para seu pai poder amarrá-lo. Após tudo estar pronto, Abraão ergueu o cutelo, segurando-o com uma das mãos e a outra repousada na testa do filho, olhou-o pela última vez _ ele o olhava também. As lágrimas lhe rolaram pela face, mas quando tentou baixar a trêmula mão para sacrificar o menino, um anjo a segurou e disse:

— Abraão, Abraão!

— Eis-me aqui – respondeu ele ainda com a mão erguida.

— Não estenda a mão sobre o rapaz e nada lhe faças; pois agora sei que temes a Deus, porquanto não me negaste o filho, o teu único filho.

Aquelas palavras chegaram aos ouvidos de Abraão como um bálsamo, como se fosse a mais bela das poesias. Deixou a faca cair ao chão como se pesasse uma tonelada. Levou as mãos aos alvos cabelos, respirando aceleradamente, sem se conter ergueu a voz e chorou um choro de alívio e alegria por não ter que executar aquele ato medonho.

Enquanto ele estava ali, ouviu atrás de si o berro de um carneiro. Ao virar-se, viu-o amarrado pelos chifres, entre uns arbustos. Desamarrou seu filho e o abraçou como se não quisesse deixá-lo mais.

No lugar de Isaque, amarrou o animal e o sacrificou. Àquele lugar deu Abraão o nome de: "O Senhor Proverá". Então, a voz do anjo bradou novamente dizendo:

— Jurei por mim mesmo, porquanto fizeste isso e não me negaste o teu único filho, que deveras te abençoarei e certamente multiplicarei a tua descendência como as estrelas dos céus e como a areia na praia; a tua descendência possuirá a cidade dos seus inimigos, nela serão benditas todas as nações da Terra, porquanto obedeceste à minha voz.

Passadas essas coisas, os dois desceram o monte e voltaram para casa. Eu continuei um pouco mais ali. Queria compreender melhor algumas coisas, então perguntei ao anjo que me acompanhava:

— Por que Deus fez um pedido tão estranho como este a Abraão? Afinal, ele poderia ter raciocinado não ser a voz de Deus, pois o Senhor nunca aprovou sacrifício humano.

— Ângela, você precisa entender que Deus não tem apenas os habitantes de seu planeta como filhos. Nós anjos também somos e ainda há os habitantes dos outros planetas. Assim como vocês questionam a Ele o que vocês não conseguem entender, nós também questionamos.

— E o que isso tem a ver com a gente?

— Lembra quando observamos o mal se espalhando como um câncer entre os descendentes de Sem?

— Lembro sim.

— Então, Abraão, mesmo sendo jovem, sentia em seu coração um desejo enorme de servir a Deus, mas não sabia como, porque sua gente tinha misturado os costumes. Mas Deus não deixa nenhum de seus filhos na escuridão e não só o tirou do meio de seu povo para ensiná-lo como adorar verdadeiramente ao Criador, como também, fazer de sua descendência os seguidores de Deus.

— E o que isso tem a ver com o sacrifício?

— Quando Abraão começou a tropeçar em pequenas provas, nós achamos que não haveria como, de sua descendência, surgir um povo temente a Deus, um povo que seria o guardião das verdades que Deus ensinou desde o Éden, já que o próprio patriarca não demonstrava tanta confiança assim na providência divina.

Ele deu uma pausa, e, como eu continuava lhe olhando esperando a conclusão, ele continuou:

— Eu acho que nunca vou entender a humanidade. Vocês tropeçam em falhas tão pequenas e insignificantes e são tão fiéis nas mais duras e difíceis, pelo menos alguns de vocês são assim.

Eu falei pensativa:

— É verdade. Mas eu acho que foi algo muito duro para o velho Abraão.

— E eu acho que se você não se apressar não vai acompanhá-lo.

— Eta! Achei que voltaria com você, voando talvez... o que acha?

— Acho que os animais que nós pegamos precisam ser devolvidos.

— Está bem, vamos lá, então.

Começamos a descer o monte e Anael me disse:

— Mas o pedido para sacrificar Isaque foi de fato algo muito difícil para Abraão, assim como será para Deus entregar Jesus, ou melhor, foi! Até eu já estou confuso. Assim, como seria Abraão que sacrificaria o seu filho e não outra pessoa, assim também é com Deus que sacrificou Seu filho em favor de vocês. Assim como foi duro para Abraão cumprir a difícil ordem, também foi muito duro para o Pai executar o Grande Sacrifício.

— Entendi. Agora vamos!

Como previu o anjo, não acompanhei mais os quatro viajantes. Voltei sozinha com ele, mas quando cheguei lá, encontrei tudo bem diferente, mesmo a viagem de volta tendo durado os mesmos três dias, havia se passado muitos anos. Sara já havia falecido e fora sepultada na caverna do campo de Macpela, fronteiro a Manre, que é Hebrom, na terra de Canaã. **Gênesis 23:19**.

Isaque casou-se com Rebeca. Ela, porém, era estéril como Sara, mas Isaque orou por ela e dezenove anos depois ela finalmente engravidou de gêmeos. Os meninos lutavam no ventre, o que a deixava aflita e por isso consultou o Senhor porque queria saber o que estava acontecendo e Ele respondeu:

— Existem duas nações no teu ventre, dois povos nascidos de ti que se dividirão: um povo será mais forte que o outro, e o mais velho servirá ao mais moço. **Gênesis 25:23**.

Isaque estava com a idade de 60 anos quando os meninos nasceram e Abraão tinha 160 anos. O primeiro era ruivo e coberto de pelos e por isso lhe deram o nome de Esaú; o segundo não tinha pelos e saiu segurando o calcanhar do mais velho, por isso lhe deram o nome de Jacó, que quer dizer enganador, **Gênesis 27:36**.

A infância de Jacó e Esaú

A infância dos dois foi marcada por brigas e desavenças. Os meninos eram muito diferentes, tanto na aparência quanto no caráter.

Eu, que já era serva de Sara, após sua morte permaneci como babá, ajudando a cuidar dos meninos. Apesar dos anos, minha aparência continuava a mesma, mas era como se a maioria das pessoas não notassem isso.

Foi difícil cuidar dos gêmeos. Eles discutiam por qualquer coisa. Esaú, sempre mais forte e desafiador, vencia Jacó.

Jacó era responsável, acordava cedo e ia para o curral ajudar os servos do pai a cuidar do rebanho. Ele gostava de tomar leite fresco, tirado das cabras. No período de tosquia, ele ajudava, ficava muito tempo entre os servos.

Eu não sabia o que fazer, um gostava de estar entre os animais, o outro gostava de brincar com arco e flecha; um preferia estar num lugar, o outro em outro; eu já estava ficando louca. Rebeca então escolheu mais outra serva para ajudar.

A outra serva era uma senhora bem mais velha que eu, por isso ela ficava mais tempo com Jacó, que dava menos trabalho; eu ficava com Esaú, que vivia me dando nó. Mesmo pequeno, o garoto já mostrava sua natureza. Demorou um pouco, mas eu aprendi a lidar com ele.

Num certo dia, eu acordei mais cedo, foi até uma das palmeiras que havia na região e peguei algumas palhas, sentei-me embaixo de um carvalho e fiz um laço com parte da palha.

Quando Esaú acordou, eu entreguei-o a ele, ele olhou para aquilo sem entender, então eu falei:

— Quando eu era criança, brincava com meus irmãos de pegar lagartixas com esses laços. Você coloca o laço na frente dela e tenta passá-lo pela cabeça, prendendo-o no pescoço.

— E vocês faziam isso pra quê?
— Para brincar com elas; depois as soltávamos. Quer tentar?
— Quero!

Nós fomos procurar lagartixas e prendê-las nos nossos laços, brincamos a manhã toda. Quando estava perto do horário de almoçar, eu disse:

— Vamos Esaú, está na hora de comer.
— Eu posso levar minha lagartixa?
— Pode, mas tome cuidado.
— Viu.

Nós voltamos para o acampamento. O menino estava todo feliz com seu animalzinho. Quando chegamos, fomos lavar as mãos e os pés, eu fui para o lugar onde as servas comiam e o menino correu para a tenda onde o almoço estava sendo servido aos homens da família.

Isaque sentou-se e, em seguida, Esaú sentou-se ao lado de seu pai e Jacó ao lado do irmão. Enquanto o pai fazia a oração, Esaú pegou sua lagartixa, tirou do laço e colocou-a próximo a Jacó.

Quando a oração acabou, eles começaram a comer. A refeição era servida em um tipo de tigela única, eles sentavam-se no chão e comiam com a mão direita.

Eles já haviam iniciado a refeição, quando a lagartixa resolveu se movimentar na direção de Jacó. Este, ao avistar o animal, levantou-se de um salto e deu um grito que assustou a todos. O irmão riu e pegou o réptil e levou-o para fora, deixando o pai orgulhoso. Jacó, por sua vez, estava assustado, mas percebeu que seu irmão tinha aprontado o susto pra cima dele. Quando o almoço terminou e o pai saiu, ele disse:

— Foi você que colocou a lagartixa em mim, não foi?

O menino fez uma expressão de desentendido, meneando a cabeça em sinal negativo.

— Você é horrível, Esaú!

— Eu?! Você é que é um maricas! Tem medo até de uma lagartixa!

— Eu não tenho medo, só me assustei porque não estava esperando, mas vou contar a nosso pai que foi você que colocou ela lá de propósito.

— Se você contar, eu lhe dou uma surra!

Jacó respirou fundo e decidiu deixar para lá o acontecido. Depois eu o encontrei escondido, chorando.

Fui ao seu encontro, sentei-me ao seu lado e passei as mãos em seus cabelos, sem dizer nada. O menino me perguntou com muita tristeza:

— Zaíra, você também tem irmãos?

Era cedo da tarde e fazia um calor terrível, o vento quente batia em minha face me deixando enfadada, mas a sua pergunta fez meus pensamentos voarem para minha infância. Eu fechei meus olhos e me vi brincando de esconde-esconde com meus irmãos. Uns 25 anos atrás, na cidade onde cresci, chamada Aracaju, as crianças ainda podiam brincar tranquilamente. Nós nos juntávamos com as outras crianças da rua, corríamos e nos escondíamos enquanto outra criança tentava nos achar.

Respirei fundo, recordando esses momentos que por tantos anos eu não relembrava mais. Como pude esquecer isso? A brisa fresca da noite, as mulheres nas calçadas conversando e a gente correndo e fazendo barulho! Abri meus olhos e Jacó ainda esperava a minha resposta.

— Sim, Jacó, eu tenho 2 irmãos.

— E onde eles estão?

— Bem distante daqui.

— Você é sortuda! Eu queria que meu irmão estivesse bem longe daqui, na verdade, eu queria que ele nem tivesse nascido.

— Não diga isso.

— Você sabe o que ele fez hoje?

— Não.

— Ele colocou uma lagartixa perto de mim na hora do almoço, para eu me assustar, e o pior é que eu tive medo.

O menino baixou a cabeça envergonhado.

— Não fique assim, eu vou conversar com ele.

— Não, não diga nada a ele.

— Por que não?

— Porque não quero.

Eu consenti com a cabeça, não sei dizer o porquê, mas preferi dar a história por encerrada.

Os anos se passaram rapidamente e os meninos se tornaram homens.

A primogenitura

Os rapazes, ao crescerem, praticavam atividades que lhes agradavam, Jacó era pastor de ovelhas, valorizava a família e a religião, Rebeca o amava mais por isso. Esaú se tornou um destemido caçador, e por isso o seu pai o amava mais do que a seu irmão. Certo dia, quando Esaú saiu para caçar, como costumava fazer, eu o acompanhei, sem que ele me visse. O jovem caminhava atento, quando, de repente ele parou, parecia estar ouvindo alguma coisa; eu não ouvia nada, mas ele percebeu que algum animal estava se aproximando, se escondeu por trás dos arbustos e o barulho se tornou cada vez mais forte à medida que o animal se aproximava. O rapaz continuava escondido. Ele não fazia nenhum barulho, respirava com cuidado para que a presa não escapasse. Eu estava ainda mais atenta, quando apareceu uma gazela desavisada. Esaú se movimentava com cuidado. Tirou uma flecha da aljava e colocou-a no arco, mirou na direção do animal que procurava o que comer entre os arbustos. Eu me aproximei para ver melhor, mas, ao fazer isso, acabei pisando num graveto. O barulho assustou o animal que saiu correndo, antes que ele conseguisse atirar. Esaú voltou para o acampamento exausto e faminto. Saíra cedo de casa, sem fazer o desjejum, e não levou nenhuma provisão consigo, pois acreditava que conseguiria uma boa caça, mas não conseguiu. Aquele não foi um bom dia para o caçador.

O retorno foi ainda mais desgastante, porque, além do calor escaldante, a fome o estava consumindo. Ao se aproximar do acampamento, sentiu o cheiro de comida. Seu ânimo voltou, seus passos se aceleraram, estava com fome, queria chegar em casa o quanto antes para se deliciar.

Quando o caçador chegou ao acampamento, quase a ponto de desmaiar, seguiu na direção da cozinha, de onde vinha o cheiro de comida preparada por sua mãe, mas, quando entrou na tenda, ficou decepcionado, não era sua mãe quem havia preparado, mas o seu insuportável irmão Jacó. Mas ele estava esfomeado demais para ter orgulho, então pediu-lhe:

— Por favor, Jacó, dê-me um pouco dessa sua comida, pois estou a ponto de morrer de fome.

Jacó respondeu com uma certa ironia:

— Dou-lhe sim, irmãozinho, se você, em troca, me der seu direito de filho primogênito.

Esaú ficou irritado com a proposta de seu irmão, mas sua fome falava mais alto, então, intencionando não cumprir sua promessa, disse a Jacó:

— De que me aproveitaria esse direito se eu estiver morto?

Esaú não ponderou as consequências da troca, nem os valores envolvidos. A primogenitura dava direito à maior parte da herança e ao direito de liderar a família após a morte do pai. Também garantia maior riqueza e poder, ele desprezou tudo isso por um simples prato de lentilha.

Jacó por sua vez se mostrou um jovem de caráter duvidoso, capaz de qualquer coisa para conseguir o que queria. Ele não era bobo! Sendo o primogênito seu maior rival – seu próprio irmão – teria que lhe obedecer um dia, ainda que seu desejo estivesse mais voltado para o lado familiar e religioso do que para o financeiro, aproveitou-se da situação em que seu irmão se encontrava para conseguir o que desejava.

Nos dias atuais, as igrejas estão cheias de irmãos assim, atentos à primeira oportunidade para tirar proveito de seus irmãos desfalecidos. Nem o caráter de Esaú, nem o de Jacó agradava a Deus. Não é necessário tirar nada dos outros para obtermos as bênçãos divinas, tampouco devemos tratar as coisas divinas sem o devido respeito e credibilidade.

O ladrão de bênção

Os anos se passaram, Isaque envelheceu e ficou cego. Pensando estar próximo o dia de sua morte, chamou seu filho Esaú e pediu que, antes de lhe conceder a bênção, caçasse um animal, preparasse e trouxesse para que ele comesse.

Rebeca estava escondida atrás da tenda, ouvindo a conversa e assim que seu filho mais velho saiu para caçar, chamou Jacó e contou as palavras de seu pai.

Em seguida, ela disse:

— Vá depressa no curral e escolha 2 dos melhores cabritos e me traga, para eu prepará-los do jeito que seu pai gosta, para que ele abençoe você em lugar de seu irmão.

— Mas, mãe – disse Jacó muito preocupado – ele quer comer uma caça e não um cabrito!

— Seu pai já está velho demais para diferenciar o sabor.

— Mesmo assim, mamãe, eu sou muito diferente de Esaú, e se ele quiser me tocar? Eu não sou tão peludo quanto a meu irmão. Minha voz é bastante diferente da dele. Esaú tem um vozeirão, enquanto eu tenho uma voz comum.

— Quanto aos pelos, não se preocupe, porque vou resolver; quanto à sua voz, fale só o necessário e se for necessário, não fale muito perto de seu pai e tente falar o mais parecido possível com seu irmão.

A princípio Jacó não concordou com sua mãe, sabia que não era certo, mas sua mãe o persuadiu. Ele foi ao campo, pegou os animais e levou para sua mãe e ela preparou.

Com a pele dos animais, Raquel cobriu a falta de pelos do filho no rosto e nos braços. Jacó pegou a comida e levou para seu pai na tenda, chegando lá, ele disse:

— Meu pai.

— Pode falar. Quem és tu, meu filho?

Jacó, porém respondeu:

— Sou Esaú, seu primogênito; fiz o que me ordenou. Levante-se, pois, sente-se e coma da minha caça para que me abençoe.

Jacó estava apreensivo, tremendo, seu coração palpitava descompassado, temia que seu pai descobrisse a mentira e o repreendesse. Isaque por sua vez estranhou a rapidez com que tudo aconteceu, então perguntou:

— Como é isso que você pode achar a caça tão depressa, meu filho?

— Porque o Senhor Deus a mandou ao meu encontro.

Isaque ficou ainda mais desconfiado, então respondeu:

— Chega-se aqui, para que eu lhe apalpe, meu filho, e veja se é meu filho Esaú ou não.

Jacó empalideceu com o pedido do pai, ficou imóvel por algum tempo, como se pensasse em desistir do plano, contudo, seu desejo de ser líder afugentou esses pensamentos e a passos lentos e cuidadosos se aproximou dele o suficiente para que o pai o tocasse, temendo ser descoberto e assim ser humilhado. O pai ao tocá-lo disse:

— A voz é de Jacó, porém as mãos são de Esaú És meu filho mesmo?

— Eu sou.

O pai comeu a comida desconfiado. Jacó lhe trouxe vinho e ele bebeu.

Desconfiado, Isaque lhe disse:

— Aproxime-se, meu filho, e me dê um beijo.

Novamente Jacó estremeceu, pois sabia que seu pai estava desconfiado. Aproximou-se dele e o beijou. O pai aspirou o cheiro da roupa dele, e como estava com o rosto coberto com o pelo do animal, Isaque não reconheceu o filho e o abençoou:

— Eis que o cheiro do meu filho é como o cheiro do campo, que o Senhor abençoou. Deus lhe dê do orvalho do céu e da exuberância da terra, fartura de trigo e de mosto. Sirvam-lhe povos e nações lhe reverenciem, e os filhos de sua mãe se encurvem a você. Maldito seja o que lhe amaldiçoar e abençoado o que lhe abençoar.

Saindo Jacó da tenda, momentos depois chega Esaú com a caça e só então eles descobrem que foram enganados. Esaú ficou muito irado e estava esperando só o pai morrer para matar seu irmão. Rebeca ficou sabendo de seu desejo e pediu a Isaque para enviar Jacó para a casa de Labão, seu irmão, em Padã-Arã, com o pretexto de casar-se com alguém de sua casa e não com as mulheres cananeias que ali viviam. Assim que Isaque autorizou, Jacó partiu.

Eu analisei comigo: Isaque cheirou e beijou seu filho Jacó, que por fora parecia ser Esaú, mas por dentro não deixava de ser Jacó; por fora, parecia o filho que o pai amava, mas por dentro nunca deixou de ser Jacó, o trapaceiro.

Quantos de nós somos assim, aparentamos ter uma vida santa e dedicada, mas o coração está distante de Deus; por fora parece bom, parece o filho ou filha que agrada ao Pai, mas por dentro está podre, como sepulcro caiado?

A fuga de Jacó

Era ainda madrugada, o sol nem havia surgido no horizonte quando o anjo me acordou:

— Ângela, acorde, você vai com Jacó.

— Certo, já estava esperando por isso – eu respondi.

Levantei-me prontamente e foi para o curral pegar um camelo ou um jegue para a viagem, mas o anjo me informou que iríamos a pé.

— Tá brincando, né? Eu fiz esse caminho na época de Abraão e sei que não é perto nem fácil.

— Pois é, Ângela, agora fará o caminho de volta a pé.

— Fala sério! As coisas estão ficando cada vez piores por aqui; antes eu voava ou era teletransportada, depois passei a viajar montada em animais, o que a princípio foi uma tortura, mas tudo bem, até me acostumei, mas, agora terei que ir a pé! Já estou com medo do que me espera no futuro.

O anjo riu e disse:

— É bom ter medo mesmo.

Jacó saiu de casa escondido de seu irmão. Na sua partida, apenas sua mãe o despediu, ambos se abraçaram por longo tempo, Rebeca chorava bastante e prometeu a ele que assim que a ira do irmão passasse, ela o chamaria de volta. Mas, o que ela não sabia, é que aquela era a última vez que veria seu amado filho, naquela madrugada fria, aquele foi seu último abraço, pois ela morreria antes de seu retorno.

Depois que eles se abraçaram, Jacó pegou seu cajado e alguns pertences e seguiu viagem. Eu fui com ele, ele não podia me ver nem me ouvir. Durante todo aquele dia caminhamos. Se atravessar o deserto montado em animal era ruim, péssimo mesmo é fazê-lo a pé. Paramos apenas para comer alguma coisa e descansar rapidamente. Nessas paradas, eu aproveitava para tirar a areia do meu calçado, meus pés estavam cheios de bolhas que me causavam muita dor. Caminhar pelo deserto é muito perigoso, além do risco de encontrar no caminho caravanas de ladrões, caçadores de escravos, animais peçonhentos. Há também as miragens. A areia aquecida numa temperatura tão alta é como um espelho, formando imagens que confundem a nossa mente.

Jacó caminhou durante todo aquele dia, mas assim que o sol começou a reclinar no horizonte, ele parou para dormir um pouco. Usou uma das pedras do lugar como travesseiro; eu tentei fazer o mesmo, mas minha cabeça não suportou a dureza da pedra, então desisti. Meus pés pareciam que iam explodir de tanta dor.

Betel

Naquela noite, eu estava tão cansada que não consegui pegar no sono, fiquei acordada por longo tempo, lembrei-me da minha família. Já fazia muito tempo que eu não a via, a saudade me fez chorar.

Jacó, porém dormiu feito uma pedra, chegava a roncar, mesmo estando preocupado com seu futuro. Pouco tempo depois, vi que seu semblante transmitia tranquilidade, olhei para o anjo e perguntei:

— Ele está sonhando com a escada?

— Sim, veja você mesma.

Meus olhos se abriram e eu pude ver o sonho dele: vi o céu aberto e uma escada muito grande, posta entre o céu e a Terra. Não dava para ver o final dela. Aos meus olhos, a escada parecia ser de ouro puro, uma das extremidades tocava o chão, a outra seguia em direção à constelação de Órion. Muitos anjos subiam e desciam por ela. De repente, a voz de Deus me chamou a atenção. Voltei a olhar para Jacó e, ao seu lado, estava Jesus dizendo:

— Eu sou o Senhor, Deus de Abraão, seu pai, e Deus de Isaque. A terra em que agora você está deitado darei a você e à sua descendência. A sua descendência será como o pó da terra; se estenderá para o Ocidente e para o Oriente, para o Norte e para o Sul. Em você e na sua descendência serão abençoadas todas as famílias da Terra. Eis que estou ao seu lado e lhe guardarei por onde quer que você for e lhe farei voltar a esta terra, porque não lhe desampararei, até que Eu cumpra aquilo que lhe falei.

Jacó despertou do sono e disse:

— Na verdade, o Senhor está neste lugar e eu não sabia. Quão temível é este lugar! É a Casa de Deus, a porta dos Céus.

Ao se levantar de madrugada para continuar a viagem, Jacó tomou a pedra que havia posto como travesseiro e a erigiu em coluna, sobre cujo topo entornou azeite e ao lugar, que outrora se chamava Luz, deu o nome de Betel. E disse:

— Senhor Deus, se o Senhor for comigo e me guardar nesta jornada que empreendo e me der pão para comer e roupa que me vista, de maneira que eu volte em paz para a casa de meu pai, o Senhor será o meu Deus; e a pedra, que erigi por coluna, será a Casa de Deus; e, de tudo quanto me concederes, certamente eu lhe darei o dízimo.

Seguimos viagem pelo deserto. Eu estava exausta, não sei como essas pessoas sobrevivem em lugares como este. O calor, a areia, tudo torna a vida mais pesarosa. Meus pés estavam me matando, além dos calos. Definitivamente, os calçados da época, não eram confortáveis.

Amor à primeira vista

Ainda era de manhã quando tomei o último gole de minha água, isso muito me preocupava, pois, a região além de quente é muito árida, o que nos faz sentir sede com muita frequência.

À medida que as horas passavam, o calor se tornava mais desconcertante, meus passos já não eram precisos e comecei a cambalear, o anjo me sustentou, seguimos assim a nossa jornada. Jacó era mais resistente, ainda que não gostasse dessa vida de nômade, ele sabia como sobreviver no deserto.

Já eu, nunca dei importância quando, no cantinho da unidade, minha conselheira nos ensinava lições de sobrevivência. Lembro-me vagamente quando o instrutor deu aula de como conseguir água em situações difíceis como esta. Se ao menos eu tivesse dado mais importância ao que me era ensinado na infância, eu não estaria passando por tanto aperto.

Minha situação nesses momentos extremos me fez lembrar das dificuldades que enfrentaremos antes do fim, uns terão mais dificuldades que outros e muitos lamentarão não ter dado importância aos ensinamentos que Deus enviou por meio de seus servos.

Eu já estava a ponto de desmaiar quando finalmente chegamos à terra do Oriente. De longe pude avistar um poço e, mesmo cansada, reuni forças que eu nem sabia que ainda existiam dentro de mim e corri até o local. Estava sedenta desde a manhã, quando minha água acabou. O poço estava mais distante que o esperado. Pensei tratar-se de uma miragem, mas, graças a Deus, não era. Junto ao poço haviam três rebanhos, cujos pastores conversavam. Eu fui direto para a fonte, mas não pude beber água, pois a mesma estava tampada com uma pedra enorme. Tentei destampá-la, usando toda a minha força, mas foi inútil, a pedra era muito pesada. Pedi aos pastores para destampá-la para mim, mas eles não podiam me ver nem ouvir.

Nesse tempo Jacó chegou e perguntou aos pastores:

— Meus irmãos, de onde vocês são?

Eles responderam:

— Somos de Harã.

— Vocês conhecem Labão, filho de Naor?

— Conhecemos.

— E ele está bem?

— Está bem sim – disseram – Raquel, sua filha, vem vindo aí com as ovelhas dele.

E Jacó disse:

— É ainda pleno dia, não é tempo de se recolherem os rebanhos; deem de beber às ovelhas e vão apascentá-las.

Eles responderam:

— Só poderemos fazer isso quando se ajuntarem todos os rebanhos; e seja removida a pedra da boca do poço, para lhes darmos água.

Só agora entendi porque estavam ali. A pedra era tão pesada que eles necessitavam de todos os pastores para removê-la, então, me sentei para esperar, mas enquanto eles ainda estavam conversando, Raquel chegou com o rebanho de seu pai, pois era pastora.

Ao avistá-la, os olhos de Jacó brilharam. A moça era muito bonita. Ele se dirigiu ao poço, removeu a pedra sozinho e deu de beber ao rebanho de Raquel, em seguida a beijou e chorou agradecido a Deus por tê-lo trazido em segurança à casa de seus parentes.

Eu aproveitei Jacó contando a Raquel que ele era parente de seu pai e fui matar a minha sede. Enquanto um dos pastores estava organizando seu rebanho para dar água, eu bebi da água que ele já havia tirado do poço e o que restou eu enchi meu cantil. Quando ele se virou para pegar a água e dá-la aos animais, não encontrou mais nada no vaso. Ficou encabulado, sem entender como a água havia sumido, mas não questionou nada.

Quando me virei para ver o que estava acontecendo, não vi mais Raquel. Ela já havia retornado para sua casa, pouco tempo depois, Labão chegou ao poço procurando por Jacó.

Fomos para sua casa. Labão recebeu Jacó muito bem, até porque ele sabia que seu pai era um dos homens mais ricos da região onde morava. Nessa época Jacó estava com 77 anos.

O casamento de Jacó

Jacó já estava morando com Labão há um mês, quando este lhe disse:

— Só por ser meu parente, vai trabalhar de graça para mim? Diga-me, qual deve ser o seu salário?

Jacó parecia apreensivo, com cautela respondeu:

— Trabalharei sete anos em troca de Raquel, sua filha mais nova.

O homem olhava fixamente para Jacó, pensativo. Por fim falou:

— Será melhor dá-la a você do que a algum outro homem. Fique aqui comigo.

Quando Jacó saiu dali, os filhos de Labão lhe perguntaram:

— Mas, meu pai, nós não fazemos assim aqui, não entregamos a mais nova antes de a mais velha se casar.

— E eu não sei? Vamos deixar que nos sirva por sete anos em troca de Raquel, no dia do casamento a gente dá um jeito e lhe entrega Lia e aí ele terá que trabalhar mais sete anos por Raquel.

Os jovens riram satisfeitos com a esperteza do pai. O jovem trabalhou sete anos por Raquel, que pareceram poucos dias, pelo tanto que a amava. Quando se aproximou o tempo do casamente, genro e sogro concordaram em realizar o casamento na casa de Labão, já que os pais de Jacó não habitavam aquela região.

No dia anterior ao casamento, todos estavam eufóricos. Jacó estava na casa de seu sogro, enquanto Raquel o aguardava na casa de seu irmão mais velho.

No dia do casamento, ele arrumou-se e saiu com seus amigos para ir buscar a noiva. Nessa época ele estava com 83 anos. Um de seus amigos, o mais chegado, guiava o cortejo. Eles iam sem pressa, cantando e dançando alegremente pelo caminho, parando de tempos em tempos. A casa de Labão estava cheia de convidados, amigos e parentes que vieram para o casamento. O quarto de Raquel e um outro cômodo estavam muito enfeitados.

    Era noitinha quando o cortejo se aproximou da casa onde se encontrava a noiva. À beira do caminho, estava a comitiva da noiva, um grupo de jovens virgens com lamparinas. Elas estavam aguardando o noivo com seus amigos. Assim que os grupos se encontraram, as virgens seguiram à frente, com suas lamparinas acesas, o cortejo do noivo as seguiam, sempre cantando e dançando.

    Na casa do irmão de Raquel, este lhe abençoou antes que o noivo chegasse. Ela estava tão feliz, pois também amava muito a Jacó. Os grupos chegaram e pararam à frente da casa. A noiva saiu, parecia uma princesa, suas damas a acompanharam, ela entrou na liteira e o noivo e seus amigos ergueram-na e iniciaram o caminho de volta. Atrás da noiva estavam as virgens iluminadoras e atrás delas todos os convidados que estavam na casa de seu irmão, iam cantando e dançando pelo caminho.

    Quando eles chegaram na casa de Labão, este proferiu uma benção especial sobre os recém-casados, depois, enquanto Jacó permanecia na festa, Raquel foi conduzida ao seu quarto, onde se preparou para receber o seu marido.

    Na festa, a ansiedade de Jacó era ainda mais crescente. Seus amigos vinham conversar com ele, mas, ele apenas fingia que prestava atenção, estava nervoso. O seu nervosismo e ansiedade lhe faziam beber e seu sogro saciava o seu desejo. Era tarde da noite quando Jacó foi conduzido ao cômodo preparado para este momento. A noiva já estava lá, seu rosto coberto por um véu. Ele se aproximou, quis erguer o véu para ver sua face, mas ela o impediu.

    Enquanto eles estavam no quarto, a festa seguia normalmente. Os convidados comiam e bebiam felizes. No quarto de Raquel, esta o esperava com ansiedade, quando sua mãe entrou e disse:

— Não espere por Jacó esta noite, minha filha. Ele não virá.

— Como assim, mamãe?

— Seu pai o levou para o outro cômodo e entregou a ele sua irmã.

— E ele aceitou?

— Sim.

A menina chorou o restante daquela noite, mas não disse nada. Seu pai havia dado ordens para que ninguém fizesse nenhum comentário.

No dia seguinte, quando o sol surgiu, Jacó acordou. Sua cabeça doía bastante, contudo estava muito feliz. Abraçou sua esposa, e ergueu o véu para dar-lhe um beijo, mas, assustou-se, afastou a mulher:

— Lia?! O que você está fazendo aqui? Cadê Raquel?

A mulher olhou para ele angustiada e disse:

— Foi comigo que você passou a noite!

— Não! Não! Claro que não! Não pode ter sido!

Os olhos do rapaz pareciam buscar uma solução, ele se recusava a acreditar no que estava acontecendo. Vestiu-se e saiu apressado do quarto e nem sequer calçou os pés. A festa ainda acontecia. Ele chegou à sala. Sua incredulidade havia se transformado em indignação e falou quase aos berros:

— Labão, o que você fez? Onde está minha esposa?

Labão levantou-se como se nada tivesse acontecido, aproximou-se dele e disse:

— Venha comigo.

Jacó o acompanhou, eles entraram num cômodo da casa.

— O que foi que você fez? Eu não trabalhei por Raquel? Por que você me enganou?

Ao Jacó pronunciar essas palavras, ao ver a raiva que ele demonstrava por ter sido enganado, eu me lembrei que anos atrás ele havia enganado seu pai para conseguir a bênção que desejava. As nossas escolhas levam inevitavelmente às consequências. Devemos cuidar para que nossas escolhas sejam as mais corretas possíveis.

Labão respondeu:

— Aqui não temos o costume de entregar em casamento a filha mais nova antes da mais velha.

— E por que não me disse isso antes?

— Deixe passar esta semana de núpcias e daremos a você também a mais nova, em troca de mais sete anos de trabalho.

— E onde está Raquel? Eu quero vê-la.

— Ela está bem, você logo a verá. Agora, vamos voltar para a festa, os convidados estão esperando.

— Volte o senhor, eu não vou voltar. Não tenho mais motivos para comemorar.

Quando a festa terminou, os convidados foram embora. A festa não terminou com a mesma alegria que começou.

Labão era um homem ambicioso, vendeu suas duas filhas como se fossem mercadorias, não deu a nenhuma delas a parte do dote que lhes cabiam.

Uma semana depois, Raquel foi finalmente entregue a Jacó. Esta quando o viu, baixou sua cabeça indignada. Ele se aproximou dela e perguntou:

— O que foi? Não me ama mais?

— Amo sim. Por que você aceitou minha irmã no dia do nosso casamento?

— Eu não aceitei ninguém – ele disse – pensei que fosse você.

— Pensou que fosse eu? Acaso eu me pareço com minha irmã? Tenho olhar de peixe morto agora, como ela?

— Não, meu amor, mas ela estava toda coberta, não vi o rosto dela.

— Você estava tão necessitado assim, que nem quis ver a mulher com quem estava se deitando?

— Eu quis, mas ela se recusou e eu pensei que fosse o costume daqui, então não insisti. Além do que eu não imaginava que seu pai iria me enganar no dia do meu casamento. Eu jamais teria me deitado com ela se soubesse que não era você. Eu te amo!

Ele se aproximou dela enquanto falava e lhe abraçou, fechou os olhos, acariciou seus cabelos castanhos, cheirando-os. Ela o abraçou também, chorou em seus braços e disse:

— Eu tive tanto medo, tanto medo de lhe perder.

Ele a abraçou com mais força.

— Você nunca vai me perder, meu amor, nunca.

Naquela noite Jacó dormiu com Raquel. Seu amor por ela era tão grande que estar em seus braços era como um bálsamo para todas as suas angústias. Ali ele podia esquecer de sua terra natal, de seus pais, da saudade que sentia de sua mãe.

Nesse tempo eu fui morar no clã de Jacó, entre os servos e servas que ele possuía. Certo dia, Jacó me viu entre seus servos, olhou-me com bastante atenção, aproximou-se de mim e disse:

— Eu tenho a impressão que conheço você de algum lugar, mas não me recordo de onde.

Eu abaixei a cabeça e disse sem fitá-lo:

— O senhor me conhece daqui mesmo, já tem um tempo que moro nessa terra.

Jacó ficou ali me olhando por algum tempo, intrigado, mas não disse mais nada.

Os filhos de Jacó

Jacó amava mais a Raquel do que a Lia, porém Raquel era estéril.

Lia era desprezada por seu marido, que demonstrava todo carinho e afeto por sua irmã e não por ela.

— Você não me ama – disse ela a Jacó numa das poucas vezes que ele foi a sua tenda – quase não vem me ver, só se importa com Raquel.

— Deixe disso Lia, eu não estou aqui?

Ela insistia.

— É verdade, parece que eu não existo para você.

Jacó um tanto irritado dizia:

— Não me culpe por isso, culpe a si mesmo por ser cúmplice de seu pai.

— Você acha que eu tive escolha? Acha que ele me perguntou se eu queria participar disso? Eu não queria ser posta no seu quarto como se fosse uma prostituta qualquer, ele me obrigou.

— Mas você poderia ter me dito quando estava a sós comigo.

— Ninguém nunca me quis, ninguém nunca me olhou, se eu não me casasse com você, certamente ficaria sozinha para sempre.

Ela não disse mais nada. Grossas lágrimas corriam pelo seu rosto.

— Também não precisa chorar – Jacó disse abraçando-a – você sabe que eu amo a sua irmã, sempre a amei, mas isso não quer dizer que não gosto de você.

Eles ficaram juntos aquela noite. Dias depois, Lia percebeu que estava grávida e isso lhe deixou muito feliz. Quando teve seu primeiro filho, colocou o nome de Rúben. Ele nasceu no primeiro ano de casamento deles, então disse:

— O Senhor viu a minha infelicidade. Agora, certamente o meu marido me amará.

Assim que Rúben nasceu, eu me aproximei mais das irmãs.

No ano seguinte Lia teve Simeão, no terceiro ano teve Levi e no quarto ano de casamento ela teve Judá. A cada criança que nascia, sua esperança se renovava, acreditava que seu marido a amaria mais por estar lhe dando filhos.

Raquel estava desesperada por não engravidar. Cada vez que sua irmã engravidava, sua angústia aumentava. Certo dia, quando Jacó chegou do trabalho, ela disse a ele:

— Dê-me filhos ou morrerei!

Jacó ficou irado com o seu pedido, então respondeu:

— Por acaso estou eu no lugar de Deus, que lhe impediu de ser mãe?

Ela, em lágrimas, replicou:

— Aqui está Bila, minha serva, deite-se com ela para que eu também tenha filhos.

Jacó fez como ela pediu e Bila engravidou. Poucos meses depois que Lia deu à luz a Judá, no quarto ano de casamento, a serva de Raquel teve um filho e lhe chamou Dã; depois engravidou novamente e teve Naftali.

Percebendo Lia que tinha parado de dar à luz, deu a Jacó sua serva Zilpa para continuar sendo mãe por meio dela. Zilpa engravidou e teve um filho a quem deu o nome de Gade, no quinto ano de casamento; depois teve Aser, no sexto ano de casamento.

Depois disso, ainda no sexto ano de casamento, Lia teve Issacar, que nasceu poucos meses depois de Aser e no sétimo ano de casamento ela teve Zebulom.

No mesmo ano que Zebulom nasceu, Raquel finalmente engravidou e deu à luz a José, nesta época Jacó estava com 91 anos.

No ano de nascimento de José, completaram-se os 14 anos de serviço de Jacó por Raquel. Cansado de tanto trabalhar para seu sogro sem nenhum pagamento, Jacó o procurou e disse:

— Permite-me que eu volte ao meu lugar e à minha terra. Dá-me meus filhos e as mulheres, pelos quais eu lhe servi, e partirei; pois você sabe quanto e de que maneira lhe servi.

— Por favor, fique comigo. Tenho experimentado que o Senhor me abençoou por amor a você. Façamos assim, diga-me o seu salário, que eu lhe pagarei.

Eles fixaram um salário e Jacó permaneceu morando em Padã-Arã. Anos depois, Lia engravida e dar à luz a uma menina e chama-lhe de Diná.

A vida de Jacó era difícil, as irmãs estavam sempre disputando sua preferência. Nunca foi plano de Jacó ter mais de uma mulher, mas sua poligamia trouxe várias consequências para seu lar, pois não havia paz entre as elas, nem entre seus filhos.

Vinte anos Jacó passou com Labão, quatorze anos trabalhou por Raquel e seis anos para si mesmo. Durante esses seis anos que trabalhou para si, seu sogro mudou o salário dele dez vezes, mas Deus não o desamparou, apesar disso, Jacó enriqueceu.

Enquanto ele era pobre, seu sogro e cunhados não lhe incomodavam, mas quando se tornou rico, a inveja tomou conta deles de modo que não conseguiam mais ver Jacó com bons olhos.

Vendo isso, Jacó chamou suas duas mulheres ao campo em segredo e lhes contou o que estava acontecendo. Disse que deveriam partir o mais depressa possível e fariam isso sem ninguém saber.

Jacó estava com 97 anos quando decidiu voltar para a casa de seu pai, José tinha apenas 6 anos.

A fuga

Eles voltaram para casa e começaram os preparativos para a viagem. Precisavam ser discretos, por isso não comentaram nada com os meninos. De madrugada todos foram acordados, os servos já estavam prontos para partir, todos eles montaram em animais e seguimos viagem de volta para a terra natal de Jacó.

Eu me juntei às servas e voltei com eles. As crianças estavam animadíssimas, pois era a primeira vez que fariam uma viagem assim.

Quando Jacó, a vinte anos atrás, veio para a terra de seu tio, tinha apenas um cajado, agora era um homem muito rico, possuía animais e servos em abundância, mas sua maior riqueza era sua família.

Devido à quantidade de pessoas, animais, crianças, etc, a viagem estava lenta. Era necessário parar frequentemente para descansar. Eu particularmente adorei, pois tinha mais tempo para descansar também.

Três dias depois de nossa partida, Anael apareceu para mim e me levou de volta para a propriedade de Labão, ele estava no campo quando seus filhos lhe procuraram e disseram:

— O Senhor está sabendo o que Jacó fez dessa vez?

— Não. O que ele fez? Roubou-me novamente?

— Pior ainda. Ele fugiu, levando tudo que era do senhor. Contaram-me que ele está voltando para a casa do pai dele. Depois de tudo que o senhor fez por ele, é dessa forma que ele lhe retribui, fugindo, sem o seu consentimento, levando suas filhas e filhos.

Labão ruborizou de raiva, então disse:

— Junte todos os homens valentes, vamos hoje mesmo em busca daquele fujão!

Eles reuniram alguns homens e foram atrás de Jacó para trazê-lo de volta. Sete dias depois, alcançaram-no nas montanhas de Gileade. Era início da noite, quando eles avistaram o acampamento de Jacó. Lobão parou e disse:

— Acamparemos aqui esta noite, amanhã cedo daremos àquele ingrato uma lição que ele não esquecerá jamais. Quero que vigiem o acampamento deles a noite toda para que não fujam novamente.

Os homens obedeceram prontamente e montaram guarda durante toda aquela noite.

No acampamento de Jacó, dois de seus servos o chamaram em particular e disseram:

— Senhor, seu sogro nos acompanhou, está acampado nas montanhas de Gileade e tem muitos homens com ele. O que devemos fazer?

Jacó parou amedrontado, sua respiração ficou controladamente ofegante, então respondeu:

— Não podemos fazer mais nada, nosso acampamento é de família e não de guerreiros. Se ele veio atrás da gente, deve estar furioso. Não temos como nos defender, estamos nas mãos de Deus e só Ele pode nos salvar. A única coisa que podemos fazer é orar pedindo proteção aos Céus.

A noite foi tensa no acampamento, ninguém conseguiu dormir, estavam esperando o ataque a qualquer momento. A única pessoa que estava tranquila era eu, é claro, pois já conhecia o desfecho dessa história, mas todos estavam apreensivos.

Eu fui levada para o acampamento de Labão. Este se deitou para dormir enquanto os homens revezavam no posto de vigia. Esses homens pareciam estar ansiosos pelo amanhecer, pois, a vitória era certa.

No dia seguinte Labão se dirigiu ao acampamento de seu genro. Jacó foi ao seu encontro. O sogro falou:

— O que foi que você fez? Não só me enganou como também raptou minhas filhas como se fossem prisioneiras de guerra. Por que você me enganou, fugindo em segredo, sem avisar-me? Eu teria celebrado a sua partida com alegria e cantos, ao som dos tamborins e das harpas. Você nem sequer me deixou beijar meus netos e minhas filhas para despedir-me deles, você foi insensato. Tenho poder para prejudicá-los; mas, na noite passada, o Deus do pai de vocês me advertiu: "Cuidado! Não diga nada a Jacó, não lhe faça promessas nem ameaças". Agora, se você partiu porque tinha saudade da casa de seu pai, por que roubou meus deuses?

Jacó respondeu ao seu sogro:

— Não lhe avisei de minha partida porque tive medo, pois pensei que você tiraria suas filhas de mim à força. Quanto aos seus deuses, quem for encontrado com eles não ficará vivo. Na presença dos nossos parentes, veja você mesmo se está aqui comigo qualquer coisa que lhe pertença, e, se estiver, leve-a de volta.

Labão procurou por todo o acampamento, mas não encontrou nada. Jacó não sabia que Raquel havia roubado os deuses do pai e escondido dentro da sela do seu camelo e sentou-se em cima.

Os homens que estavam com Labão permaneceram onde estavam, aguardando a ordem para atacar.

Jacó e Labão firmaram um acordo de paz, logo em seguida, o sogro reuniu seus homens e retornou para casa, deixando o servo de Deus em paz.

A noite de angústia

Depois disso, seguimos viagem. Quanto mais nos aproximávamos da terra natal de Jacó, mais ele se angustiava. Seu passado veio-lhe à mente como se tivesse acabado de acontecer. Lembrou-se de como havia se envolvido no plano para enganar seu pai e roubar a bênção que pertencia a seu irmão, lembrou-se do ódio estampado na face de Esaú ao descobrir o que seu irmão havia feito.

Quando as primeiras colinas de sua terra surgiram no horizonte, seu calejado coração palpitou, enchendo-se das lembranças de sua infância, de sua querida mãe e, por um breve momento teve paz, mas, logo, as lembranças de seu irmão voltaram à mente e ele encheu-se de medo pelo que poderia lhe acontecer ao regressar para casa.

Contudo, o Espírito divino lhe fez lembrar dos cuidados de Deus para com ele, de como havia lhe auxiliado e guiado até ali.

Mas, à medida que se aproximava ainda mais, as lembranças ruins de seu irmão se tornavam mais fortes, trazendo-lhe péssimos pressentimentos que lhe deixavam perturbado e intranquilo.

Jacó ficou distante de seu lar por 20 anos, seu irmão passou a se considerar o único herdeiro, seu retorno reacenderia assuntos não resolvidos do passado e o temor de que ele tivesse voltado para reclamar sua parte na herança. Todos esses pensamentos atormentavam o patriarca lhe deixando em extrema agonia. Porém, o Senhor não deixou seu servo a sofrer sozinho. Ele enviou um sinal da proteção divina. Enquanto ele viajava de retorno para a casa de seu pai, Deus enviou dois exércitos de anjos; um exército se posicionou à frente dele e o outro atrás e seguiram com o grupo, a protegê-los.

Então Jacó lembrou-se da visão que tivera 20 anos atrás, quando cruzou essas terras fugindo de seu irmão e sentiu alívio de seus temores. Ele disse ao ver os dois acampamentos de anjos:

— Este é o exército de Deus. E este lugar se chamará Maanaim! **Gênesis 32:2**.

Estando já perto de Seir, território de Edom – que é Esaú – Jacó enviou-lhe mensageiros com o seguinte recado: *"Como peregrino morei com Labão, em cuja companhia fiquei até agora. Tenho bois, jumentos, rebanhos e servos, para lograr mercê à sua presença"*.

Ele esperava aplacar a ira de seu irmão fazendo-o ver que ele não tinha interesse nas riquezas de seu pai. Seus servos foram a seu irmão e deram o recado conforme mandou seu senhor. Esaú, ao ouvi-los, respondeu com um sorriso irônico nos lábios:

— Humm! Então, meu querido irmãozinho está voltando para casa; o bom filho retorna ao lar! Eu estou esperando ansiosamente por isso há 20 anos.

Um dos homens de Esaú disse:

— Podemos resolver isso para o senhor agora mesmo, não nos custará nada?

Esaú permaneceu sentado onde estava, com um discreto sorriso nos cantos dos lábios, seu olhar era distante, como se estivesse a pensar, em seguida, disse:

— Não, não quero que vocês resolvam isso para mim, eu mesmo vou resolver.

— Quer, então, que matemos os mensageiros?

Ao ouvirem essa pergunta, os servos de Jacó tremeram. Eles se olharam assustados com a possibilidade, mas permaneceram calados. Esaú pensou um pouco, levantou-se, deu alguns passos ao redor dos mensageiros e disse:

— Não, deixe-os ir. Ele virou-se para os servos e disse:

— Voltem a meu irmão e digam-lhe que eu mesmo vou encontrar-me com ele e levarei comigo 400 homens.

Esaú nem piscava os olhos. Os servos se foram e os homens dele lhe perguntaram:

— Senhor, por que deixou que eles escapassem? Seria melhor ter matado todos eles e pegaríamos seu irmão de surpresa.

— Não, não. – disse Esaú sentando-se novamente – Se me lembro bem de meu irmão, não passa de um covarde. Quando os servos dele derem a notícia, é capaz de morrer só de medo!

Ele deu uma gargalhada, mostrando seus dentes, deixando-o ainda mais assustador.

Quando os servos de Jacó retornaram, disseram-lhe:

— Fomos até seu irmão Esaú; também ele vem de caminho para se encontrar com o senhor, e quatrocentos homens com ele.

Ao ouvir essas palavras, o semblante de Jacó se empalideceu, um pavor tomou conta dele, então perguntou:

— Por que ele vem acompanhado de quatrocentos homens?

— Não sabemos, meu senhor, mas aqueles homens queriam nos matar, são homens de guerra.

— Se ele vem com essa quantidade de homens, com certeza não vem em paz. Reúnam todos aqui.

Seus servos foram convocar todo o acampamento, um movimento intenso se iniciou, as pessoas queriam saber o motivo do urgente chamado.

Quando todos chegaram onde estava o patriarca, ele disse:

— Eu chamei vocês aqui para comunicar-lhes que os servos que eu mandei para avisar a meu irmão do meu retorno chegaram hoje e eles me disseram que o meu irmão está vindo ao meu encontro e vem com 400 homens. Não sabemos a intenção dele, então eu dividirei vocês em dois grupos, colocaremos os homens no primeiro grupo e as mulheres e crianças no segundo grupo, porque, se caso ele nos atacar, o segundo grupo tem a chance de fugir e se esconder para tentar se salvar. Deus esteja conosco e nos livre das mãos de meu irmão.

Jacó dividiu, como disse, o seu acampamento. Agora todos partilhavam de seus receios, todos temiam pelas suas vidas e a vida daqueles a quem eles amavam.

Eu pensei em seguir junto com o primeiro bando, mas o anjo me disse para ficar com Jacó.

A situação ficava cada vez mais tensa no vale, todos estavam apreensivos, o patriarca se pôs a orar, sua voz podia ser ouvida por todo o acampamento, ele dizia:

— Deus de meu pai Abraão e Deus de meu pai Isaque, o Senhor, que me disseste: "Torna à tua terra e à tua parentela, e te farei bem", sou indigno de todas as misericórdias e de toda a fidelidade que tens usado para com teu servo; pois com apenas o meu cajado atravessei este Jordão; já agora sou dois bandos. Livra-me das mãos de meu irmão Esaú, porque eu o temo, para que ele não venha matar a mim e as mães com os filhos. Pois o Senhor me disse que certamente me faria bem e dar-me-ia descendência como a areia do mar, que, pela multidão, não se poderia contar.

Assim que terminou sua oração, separou do que possuía um presente para seu irmão: duzentas cabras, vinte bodes, duzentas ovelhas, vinte carneiros, trinta camelas de leite com suas crias, quarenta vacas, dez touros, vinte jumentas e dez jumentinhos.

Entregou aos servos e disse:

— Vão na frente, ao encontro de meu irmão. Quando ele se encontrar com vocês e perguntar: "A quem vocês pertencem? Para onde estão indo? De quem são estes animais"? Vocês responderão: É de teu servo Jacó; é presente que ele envia a meu senhor Esaú; e eis que ele mesmo vem vindo atrás de nós.

Os servos balançaram a cabeça afirmativamente e seguiram viagem. A intenção dele, com os presentes, era aplacar a ira de Esaú. Pobre Jacó, depois de tantos anos ele ainda acreditava que precisava fazer alguma coisa para se proteger, mesmo depois de ter visto os dois grandes exércitos de anjos, ele ainda temia por sua segurança e a dos seus.

Quão parecidos com ele somos nós! Mesmo tendo prova da proteção divina, ainda achamos que precisamos fazer alguma coisa para estarmos seguros. Mandou os presentes na frente dele, mas ele mesmo ficou aquela noite no acampamento. Não conseguiu dormir. Chamou suas mulheres e os meninos e os fez passar o ribeiro de Jaboque. Ele, porém, permaneceu mais um pouco naquele lugar, queria ficar a sós com Deus, em oração.

Naquele lugar solitário, cercado por montanhas pedregosas, habitat natural de animais venenosos e esconderijos de ladrões, assassinos e sequestradores, ali, ele decidiu ficar. Estava sozinho e desprotegido. Na escuridão da noite ele prostrou-se em profunda agonia e terror e o que lhe causava mais amargura era saber que tudo que estava lhe acontecendo nada mais era do que os frutos dos seus pecados, ele mesmo havia provocado essa situação. Já era por volta da meia-noite e ele ainda estava ali, exposto ao perigo e à morte, em extrema angústia e com lágrimas suplicava a Deus em oração.

De súbito, uma mão forte o tocou, ele pensou ser um inimigo que quisesse fazer-lhe mal, talvez o próprio Esaú. Rapidamente ele tentou se desvencilhar dos punhos do inimigo. Na escuridão da noite, os dois lutaram para dominar um ao outro. Nada falavam um ao outro. Jacó lutou como um guerreiro, não queria ser vencido por quem quer que seja, bandido ou seu irmão.

Enquanto batalhava, seus pecados vinham-lhe à sua mente, pois sabia que nada disso estaria acontecendo se ele não tivesse feito o que fez 20 anos atrás.

Satanás jogava em sua mente as lembranças de seus pecados que há muito já havia pedido perdão a Deus, mas assim ele fazia para dar-lhe a sensação de abandono e rejeição divina. Mas mesmo naquela terrível situação, o Espírito de Deus lhe fazia lembrar das promessas do Senhor e em sua mente clamou por misericórdia.

A luta durou a noite toda. Quando o dia já ia amanhecendo, o estranho homem colocou o dedo na coxa de Jacó, a dor o fez tombar, um gemido agudo saiu de sua garganta, não parecia ser de apenas pela dor física que gemeu, mas, juntou-se à dor física, a dor da alma e o gemido saiu tão profundo e com uma sonoridade sem igual. Mesmo ferido e ao chão, ele se agarrou ainda mais ao homem sem o deixar ir embora, vendo que não o largaria, o anjo disse:

— Deixa-me ir, pois já rompeu o dia.

Jacó em dor, respondeu:

— Não te deixarei ir se não me abençoares.

Então o homem perguntou:

— Como te chamas?

Em lágrimas ele respondeu:

— Jacó. Eu sou Jacó.

Vinte anos atrás, Isaque fez essa mesma pergunta e ele respondeu: eu sou Esaú, teu primogênito, o filho que tu amas.

Agora, vinte anos depois, Jacó assume sua verdadeira identidade, assume tudo que ele era: Jacó, o trapaceiro. Naquela gélida madrugada, a sós com Deus, ele retira de si toda máscara e finalmente expõe a pessoa que ele era.

Muitos de nós, somos assim; tentamos enganar aos outros e a nós mesmos. Vestimos uma máscara de Esaú – o filho que o pai ama – sem deixarmos de ser Jacó. Por fora parecemos bons cristãos, mas por dentro nunca deixamos de ser Jacó.

Essa mesma pergunta Deus faz a cada um de nós todos os dias: "Quem és tu, meu filho"? E o que temos respondido a Deus? Até quando continuaremos usando nossas máscaras, pensando que assim estamos enganando o Criador e Redentor de nossas vidas?

Olhando para Jacó, aquele homem disse:

— Já não te chamarás Jacó (trapaceiro), e sim Israel (príncipe de Deus), pois como príncipe lutaste com Deus e com os homens e prevaleceste.

Só depois que Jacó se assumiu, Deus pôde transformá-lo.

Não temos que nos conformar com o que somos, nem fingir ser o que não somos; precisamos nos assumir e permitir que Deus nos transforme Assim que Jacó assumiu quem de fato ele era e deu a Deus permissão para transformá-lo, Ele o transformou.

Enquanto Jacó lutava com Deus, um outro anjo foi enviado a Esaú em sonho. Este lhe mostrou todo sofrimento de seu irmão durante os 20 anos que passou na terra de seu exílio, do sofrimento em saber que sua mãe já havia morrido e de sua angústia por temer que ele lhe ferisse e ferisse os seus.

Esaú também viu Jacó rodeado por anjos celestiais e o anjo lhe proibiu de fazer qualquer maldade a ele. No dia seguinte, ele reuniu seus homens e lhes contou o sonho e os proibiu de fazer qualquer mal a Jacó.

Quando o dia raiou para Jacó, este era outro homem. Seu temor e angústia haviam desaparecido. Transpôs o vale manquejando de uma perna, porém transformado em um homem de Deus.

Enquanto Jacó prosseguia, manquejando, eu perguntei a Anael:

— Tem uma coisa que eu não compreendi nessa história toda. Por que Jesus parecia se recusar a perdoar Jacó, mesmo ele sendo tão sincero e até o machucou para que ele o soltasse?

— Deus estava testando a paciência dele, fortalecendo a sua fé, ensinando, principalmente às gerações futuras a não desistir na primeira dificuldade que aparecer. Jacó desejava tanto o perdão divino que não desistiu dele nem mesmo sob o efeito de grande dor.

Assim que ele atravessou o ribeiro e avistou Esaú, não tinha mais medo do que poderia lhe acontecer, pois estava em paz com Deus.

Pôs Bila e Zilpa com seus filhos à frente, depois Lia com seus filhos e por último Raquel e José. Ele passou à frente de todas elas e foi ao encontro de seu irmão. Por sete vezes se ajoelhou e orou até chegar perto dele.

Então, para sua surpresa, Esaú correu ao seu encontro e, em vez de matá-lo, o abraçou e o beijou. Ambos choraram assim abraçados. Estavam separados há vinte anos e, mesmo quando estavam juntos, nunca conseguiram se entender. Naquele dia, desde o nascimento dos dois, finalmente puseram de lado suas divergências e se uniram.

A noite anterior a este encontro foi a pior noite da vida de Jacó, nunca antes havia passado tanta angústia, não pode dormir nem por um segundo de tanta aflição, mas enquanto ele orava, Deus mudava os propósitos do coração de Esaú e assim resolvia seus problemas e quando o dia amanheceu, tudo aquilo que lhe causava temor haviam desaparecido.

De igual maneira Deus está desejoso de nos aliviar de nossos fardos, de igual maneira Ele quer nos dar a paz, basta aprendermos a confiar em Seu infinito amor.

Jacó e Esaú representam duas classes de pessoas que existirão no tempo do fim: Jacó: os fiéis seguidores do Deus vivo, que guardam os mandamentos de Deus e tem o testemunho de Jesus, **Apocalipse 12:17;** Esaú: todos os outros, e, inclusive aqueles que se dizem seguidores de Jesus, mas não guardam os Seus mandamentos. Muitos desses supostos seguidores tropeçam em apenas um de seus mandamentos, e devido a isso se tornam culpados de todos conforme é dito no livro de **Tiago 2:10.**

O medo e a angústia que Jacó sentiu quando soube que Esaú estava vindo ao seu encontro com 400 homens, representa a mesma angustia e medo que sentirão esses fiéis seguidores de Cristo quando suas vidas estiverem sendo cassadas mediante decreto por causa de sua fidelidade a Deus.

A incessante oração proferida por Jacó durante toda a noite é um breve exemplo das orações alçadas a Deus naqueles dias, suplicando livramento. Assim como Jacó com lágrimas e suplicas se agarrou a Deus por livramento e perdão, nós também o faremos naquele dia.

Ellen G. White diz: "O tempo de graça e o período concedido a todos para o preparo para o dia de Deus. Se alguém negligenciar a preparação e não levar a sério as fieis advertências dadas, ficará sem escusas. A luta fervorosa, perseverante, de Jacó com o anjo deve ser um exemplo para os cristãos: Jacó prevaleceu porque foi perseverante e determinado. **História da Redenção, pág. 100.**

A infância de José

Assim que se despediu de seu irmão, Jacó seguiu seu caminho. Manquejava de uma perna, o que lhe causava intensa dor, mas havia alívio em seu coração.

Muitas pessoas são como Jacó, não sacrificam suas vidas no altar de Deus a menos que sejam feridos, machucados. Mas a dor que maltrata é a mesma que nos une a Deus e nos refaz de dentro para fora. "Sem santidade ninguém verá a Deus". **Hebreus 12:14**.

Jacó seguiu seu caminho até chegar a uma região agradável, onde ele montou seu acampamento, que se resumia em cabanas feitas de varetas entrelaçadas, e por isso ele chamou esse lugar de Sucote. Ali Israel construiu uma casa e viveu por algum tempo.

Quando José veio com a família, de Padã-Arã, ele tinha aproximadamente 7 anos, sua mãe cuidava dele com muito esmero, ele era amado e mimado pelos pais. Seus irmãos ficavam enciumados devido à forma como ele era tratado por seu pai.

A família se adaptou rapidamente em Sucote, as crianças corriam felizes pelo acampamento, José brincava com os irmãos. Por ser ele um menino mimado, não aguentava as brincadeiras de seus irmãos, que às vezes, faziam malvadezas com ele para vingarem-se, por ser o filho querido do pai.

Eu vivia entre os servos no acampamento, ajudava no que era preciso. Num certo dia, eu estava em minha tenda quando Anael apareceu.

— Boa tarde, Ângela! Como está se virando por aqui?

— Anael! Boa tarde! Acho que estou bem.

— O que você acha de a gente ir espiar um pouco?

— Acho uma ótima ideia. Vamos espiar o quê?

— As crianças. Vamos?

— Agora mesmo.

Ele me levou até onde estavam os 11 filhos de Jacó brincando juntos. Ruben, o mais velho, devia ter, nessa época, aproximadamente 14 anos. Este disse:

— Vamos brincar de se esconder?

— Vamos – os outros disseram.

— Eu posso brincar com vocês? – perguntou José a seus irmãos.

Eles se entreolharam. Não gostavam do menino porque tudo que acontecia ele contava ao pai.

— Pode – disse Ruben – mas terá que prometer que não vai contar ao nosso pai nada do que a gente fizer.

José balançou a cabeça afirmativamente, mesmo não gostando do que prometeu.

— Vamos – ordenou Ruben.

Os meninos saíram do acampamento e foram brincar nos arredores. Depois de algum tempo, José foi o escolhido procurar, enquanto os outros se escondiam.

Os garotos correram todos na mesma direção, o mais distante que puderam. Esconderam-se por trás de uns arbustos. Simeão, então, falou:

— Vamos nos vingar de José?

Os irmãos olharam para ele e perguntaram como fariam isso. Ele continuou:

— Vamos voltar para o acampamento e deixá-lo aí sozinho por algum tempo, no final da tarde a gente vem buscá-lo.

Os irmãos concordaram e voltaram escondidos para o acampamento. Lá eles brincaram a tarde toda com as outras crianças.

José procurou seus irmãos por longo tempo, em todos os lugares e por todas as direções, mas, não achou nenhum. Ao longe, o sol começou a se esconder no horizonte, deixando-o angustiado. Quando ele se deu conta, já estava escurecendo e como ainda era pequeno, não sabia voltar para casa. Ele procurava desesperadamente por seus irmãos. Colocou as duas mãos ao redor da boca, para aumentar o som de sua voz e gritou:

— Ruben, Simeão, Levi, todo mundo!

Nenhuma resposta foi ouvida. Seu coração temeu, seus olhos se encheram de lágrimas e a voz saiu embargada.

— Dã, Issacar! Cadê vocês? Eu não quero mais brincar.

Silêncio. Ao seu lado, ouviu o barulho de um animal, os pelos do seu corpo se arrepiaram de pavor, correu na direção que ele julgava ter vindo, mas, depois de algum tempo, parou. Não sabia se estava seguindo na direção correta. Então gritou novamente:

— Mamãe! Papai!

O único barulho que se ouvia, além do da natureza, era a sua própria voz ecoando no relevo. Sentou-se no chão, enterrou os dedos na areia, enchendo as mãos; as lágrimas regavam o seu rosto, fazendo um caminho facilmente destacado em meio a poeira contida na face, deixando o líquido com uma coloração amarronzada.

No acampamento, Raquel começou a procurar pelo filho. Os garotos nada falaram a ela, porém, quando ela saiu, Ruben falou:

— Está bom, gente! Já nos vingamos. Vamos buscá-lo.

— Não! - disse Judá – Vamos deixar aquele maricas lá mais um pouco pra ele aprender a ser homem.

Os irmãos concordaram, mas, Ruben objetou:

— Não! Vocês estão loucos? É perigoso e ele deve estar morrendo de medo E se algum animal mata-lo?

Os garotos não gostaram, mas obedeceram ao irmão mais velho. Saíram de "fininho" para ninguém os ver e foram ao local onde o deixaram, mas não o encontraram. Ruben entrou em desespero.

— Viu o que eu disse a vocês? Agora ferrou! E se ele foi comido por alguma besta-fera?

Aser gritou o mais alto que pode:

— Joséééééé! Joséééééé!

O menino ouviu seu nome trazido pelo vento, levantou-se, limpou as lágrimas com as costas das mãos, deixando o rosto e as mãos rajados de sujeira.

Ouviu novamente seu nome e mais uma vez, reconheceu a voz de seus irmãos. A felicidade e o alívio voltou à sua alma. Juntou as mãos à boca novamente e gritou de volta.

— Estou aqui! Estou aqui!

Os irmãos vieram ao seu encontro. Ele permaneceu parado. Temia seguir na direção errada, só quando viu os irmãos correu feliz ao encontro deles.

— Onde vocês estavam? Eu procurei vocês por todo canto!

— Nós estávamos escondidos – disse Judá cutucando Dã – Já há um tempo que a gente está aqui esperando você.

José respirou fundo, tinha perdido a noção do tempo. Simeão chegou perto dele, olhou em seu rosto e disse:

— Aí, galera! A menininha estava chorando!

— Não estava não. – retrucou José angustiado.

Eles começaram a pular e gritar ao redor dele.

— Tava chorando! Tava chorando! Tava chorando!

O garoto esforçava-se para segurar as lágrimas que insistiam em cair, então, falou, quase gritando:

— Parem, senão eu conto a papai que vocês me deixaram aqui sozinho!

Os meninos se calaram e pararam de pular, Simeão falou:

— Se você contar a gente lhe dá uma surra!

Ruben ergueu os braços a meia altura e disse:

— Vamos! Todos devem estar nos procurando. José, fique de boa. Se você abrir a boca, a gente não vai brincar nunca mais com você.

Eles retornaram para o acampamento. As mães e o pai já estavam procurando por eles. Assim que chegaram Jacó perguntou:

— Onde vocês estavam até essa hora? Vocês sabem a hora que devem estar aqui para se limparem para o jantar.

— Nós estávamos brincando de esconde-esconde aqui perto – disse Ruben – e perdemos a hora.

Raquel aflita rompeu caminho, perguntando:

— José? Vocês viram José?

— Estou aqui, mamãe.

— Por onde você estava, meu filho? Eu lhe procurei por toda parte!

— Eu estava brincando com meus irmãos.

— Brincando com seus irmãos? Como, se eles estavam aqui a tarde toda?

Os meninos se olharam aflitos. José olhou para eles entendendo a malvadeza que fizeram, então, falou:

— Eles me deixaram lá, sozinho!

— Deixaram você sozinho?!

Raquel olhou para os sobrinhos e disse:

— Vocês fazem ideia do perigo que meu filho passou? Ele poderia ser comido por algum animal ou levado por ladrões de crianças para ser vendido como escravo.

Ela pegou o filho pelo braço e disse:

— Venha comigo, meu filho. Não quero que você ande com seus irmãos.

Jacó olhou para seus filhos, coçou a cabeça, fazendo os alvos cabelos balançarem.

— Quando vocês tomarão juízo? – perguntou o ancião aos seus filhos – Até quando eu serei envergonhado com as ações de vocês?

Ele olhou para Ruben com um olhar de decepção e disse:

— Ruben, meu filho, você é o mais velho, deveria dar exemplo e cuidar de seus irmãos mais novos, mas você é o primeiro a me desobedecer.

Ruben baixou a cabeça entristecido.

— Todos vocês estarão de castigo por uma semana pelo que fizeram a José. E vão agora mesmo se limparem para comerem, vocês vão para a cama mais cedo hoje.

Os garotos acompanharam as mães.

No dia seguinte, eles estavam de castigo enquanto José brincava livremente com Diná.

— Olha pra aquele moleque! – disse Levi – A gente aqui sem poder brincar e ele de boa. Se eu pegá-lo, ele vai ver só como é que se entrega alguém.

— A sorte dele é que nosso pai o protege. Se não, ele ia se ver comigo – disse Judá.

— Vocês viram? – perguntou Simeão – Nosso pai deixou todos nós de castigo, mas com aquele maricas ele nem sequer reclamou.

— Ele é o queridinho de nosso pai !– disse Ruben – Quero ver quando ele crescer e ficar aí, todo frouxo, o que nosso pai vai dizer!

— Eu odeio esse pivete! – disse Naftali.

— Eu também – responderam os outros.

Depois desse dia, José ficava mais com os filhos de Bila e Zilpa.

De Sucote a Siquém

Nós já estávamos vivendo em Sucote há algum tempo, quando Jacó decidiu partir dali. Arrumamos nossas coisas e, antes do sol nascer, seguimos viagem. Atravessamos o rio Jordão e seguimos para a cidade de Siquém, na terra de Canaã. Ali Jacó comprou uma parte do campo por cem peças de dinheiro e neste lugar armamos as tendas. Antes de descansarmos, como era costume de seus antepassados Abraão e Isaque, ele levantou um altar de adoração e colocou o nome do altar de: o Deus de Israel.

A vida ali era tranquila, os meninos, quando não estavam ajudando a cuidar dos animais, brincavam com as outras crianças do clã. José gostava de ficar com o pai, gostava de ouvir as histórias que ele contava.

Os anos se passaram, os garotos se tornaram rapazes. Mas, os mais velhos continuavam desajuizados e o nome do pai era desonrado por causa do comportamento deles. José, porém, era um rapaz obediente, ele não participava dos erros de seus irmãos, várias vezes tentou aconselhá-los, mas, eles não lhe atendiam.

O jovem, então, procurava o pai para falar sobre os erros e pecados que seus irmãos praticavam. Fazia isso na tentativa de fazê-los entender que o comportamento deles estava em desacordo com os ensinamentos do pai e de Deus. Eles, contudo, não compreendiam e viam José como um inimigo, alguém desprezível e, por isso, o odiavam ainda mais. O ódio deles era alimentado pelo ciúme, por ser José o preterido do pai.

Quando José tinha aproximadamente 13 anos, Ruben, o mais velho, estava com 19 anos e Jacó já era um ancião de 104 anos. Os jovens acreditavam que sua morte estava próxima. Muitas vezes eles conversavam sobre o futuro, num desses dias Simeão perguntou.

— Então, Ruben, quem você acha que nosso pai vai escolher para substituí-lo?

Ele respirou fundo e respondeu.

— Não sei. Definitivamente, não sei.

— Eu aposto que vai ser você. Falou Aser, levando à boca um pedaço de pão que mais parecia uma bolacha. Afinal, você é o primogênito.

— É, mas eu sou o primogênito de meu pai com a minha mãe, mas há também Dã, Gade e o insuportável José.

— É verdade! E nosso pai gosta mais de José do que de todos nós – falou Levi.

— Eu não aceito que seja José! Disse Naftali. Ele é muito chato, tudo com ele tem que ser certinho. Se o nosso pai o escolher, nós estamos ferrados, rsrsrsrs.

— Você, Naftali, não vai mais poderia ir escondido a Siquém, visitar uma certa casa! – kkkk! – Disse Dã.

— E nem você! Ora essa! – retrucou o irmão.

— Nós estamos rindo – disse Judá – mas o caso é sério. Nosso pai está velho e a qualquer momento ele pode passar a liderança do nosso clã para qualquer um dos primogênitos que ele tem. Precisamos cuidar para que não seja aquele puxa-saco.

— E o que vamos poder fazer se ele escolher José? – quis saber Levi.

— Ora! O verdadeiro primogênito é Ruben! Ele foi o primeiro filho de nosso pai, não podemos aceitar outro.

Os irmãos concordaram.

Diná

Quando Jacó saiu de Padã-Arã, Diná era uma menina de menos de 6 anos, mas, depois de alguns anos ela se tornou uma moça bela, educada e tranquila. Por ser a caçula e a única mulher entre os filhos de Israel, era paparicada por todos. Seus irmãos a tratava com carinho.

A garota fora criada como todas as outras mulheres de sua tribo, não saía sozinha e tudo o que ela conhecia era apenas a vida simples que eles levavam e suas amigas eram as filhas dos servos de Jacó.

Ela costumava ficar com as mulheres do clã, ajudando nas costuras e bordados. Quando estava desocupada, ficava com as outras jovens da tribo.

A jovem era dona de um sorriso meigo e cativante, tinha uma face bela e incomum, bem definida e rosada, cabelos fartos e bonitos, sua pele era macia e saudável, sua beleza assemelhava-se com a de sua tia Raquel.

Jacó morava num acampamento a uma curta distância da cidade de Siquém, mas, em dias de festa, dava para ouvir o barulho que vinha da cidade.

Certo dia, eu estava descansando embaixo de um carvalho, quando Diná veio até onde eu estava e sentou-se ao meu lado. Do lugar que eu me encontrava era possível avistar a cidade ao longe. A alguns metros, estavam Lia, sua mãe, e Raquel, que estava grávida, as duas estavam sentadas a conversarem com a anciã Débora, ama de Raquel.

A menina olhava para lá com curiosidade, a imaginar como era viver na cidade, como as moças se comportavam, como eram os costumes daquele povo.

Ela, sem olhar para mim, disse:

— Como será morar numa cidade com tanta gente? Eu queria morar lá, como todo mundo.

Eu olhava para ela, tentando decifrar seus pensamentos. Ela olhou para mim e completou:

— A cidade tem mais opções para a gente se divertir e também para aprender. Aqui é bom, mas é sem graça, não há nada para a gente fazer.

Ela apoiou o queixo na mão esquerda e, antes que eu falasse alguma coisa, ela falou:

— Eu queria ir lá, fazer amizades. Todas as pessoas que eu conheço vivem aqui. Todas as vezes que eu fui à cidade, ou foi na companhia mãinha ou com minha titia Raquel. E elas não me deixaram conversar com ninguém, nem fazer amizade com as moças de lá. Fico imaginando quantas coisas elas devem saber que eu ainda não sei.

Eu me entristeci por ela, então falei:

— Tire esses pensamentos de sua cabeça, Diná, a sua vida aqui é ótima, a cidade está cheia de maldades e pecados, as pessoas são libertinas...

Quando eu falei essa última palavra, ela me interrompeu com o coração saltitando de curiosidade.

— Como é viver assim? Você já pensou? Sem ter que dar conta a Deus de tudo? Não entendo por que meus pais não querem eu que faça amizade com as moças de lá, parece que não confiam em mim!

Eu respirei fundo. Ela não queria me dar tempo para falar, mas mesmo assim falei:

— Você já parou para pensar que pode não ser em você exatamente que eles não confiem, mas nas pessoas da cidade?

— Como assim, titia?

Eu me acheguei mais a ela, segurei sua mão, uma mão pequena e delicada, de pele macia.

— Diná, o que os jovens da cidade têm a mais que você é o conhecimento do mal. Para eles, praticar certas coisas não é pecado algum. Eles são idólatras, seus pensamentos estão voltados para os prazeres e não para Deus. Não é em você que seus pais não confiam, mas neles, nos costumes que eles têm.

— Mesmo assim, tia, se meus pais confiassem mais em mim e na criação que me deram, não teriam esse medo, porque saberiam que eu não faria nada que viesse a envergonhá-los. Mas, eles não se preocupam com a minha felicidade.

— Você ainda é muito jovem, Diná! Não conhece nada da vida. É melhor obedecer a seus pais. O mundo lá fora é mais perigoso do que você imagina, tem muita gente ruim que se faz de boa para tirar proveito das pessoas ingênuas.

— Até você, tia Zaira, está contra mim?

Ela falou com um pesar na voz que me fez sentir pena.

— Não estou contra você, minha querida, é que...

Eu respirei fundo, lembrei do que li na Bíblia sobre ela, meu coração esmoreceu, baixei minha cabeça e disse sem pensar:

— Se você soubesse o que eu sei...

— O que a senhora sabe? Conte-me!

— Nada de mais, minha querida! Nada de mais. Essa sua tia está ficando velha, nem sabe mais o que diz.

— O que a senhora está me escondendo, titia?

A menina insistiu tanto que eu falei:

— Não vá à cidade, Diná! Nunca vá lá sozinha.

— Mas eu nunca vou sozinha.

Eu virei meu corpo o suficiente para lhe fitar nos olhos e disse:

— Nunca saia escondida para ir à cidade, nunca vá para lá sozinha.

— Por quê?

— Porque nas cidades há pessoas muito más, que acham que podem fazer o que quiserem com outras pessoas.

A menina me olhou assustada, mas não questionou mais nada, contudo eu vi em seus olhos escuros que estava determinada a caminhar por caminhos que não conhecia e a ir além do que lhe era permitido fazer.

Estávamos morando em Siquém há alguns anos e já conhecíamos os períodos de festas deles. As comemorações que aconteciam na cidade eram em homenagem aos deuses que eles adoravam. E logo Siquém estaria em festa.

Eu estava lavando algumas roupas, quando vi Diná sair escondida com uma menina do acampamento, filha de um dos servos de Jacó. Ela queria conhecer os costumes e a cultura da terra de Siquém. Eu deixei o que estava fazendo e as segui. Apressei meus passos para acompanhá-las e tentar impedi-las de fazer tal coisa.

Corri para alcançá-las e, enquanto corria, avistei Anael. Ele sorriu para mim sem me dizer absolutamente nada.

Quando finalmente as acompanhei, disse desesperada:

— Diná, querida, não faça isso! Volte para casa ou será estuprada.

Eu praticamente gritava para a menina, mas ela não podia me ver nem me ouvir. Virei-me para Anael, ele me olhava com um olhar de reprovação.

— Você pensa mesmo que pode mudar o passado? Já aconteceu, Ângela, não está no seu poder mudar isso.

Eu baixei minha cabeça entristecida, respirei fundo.

— Ela é só uma menina!

— Uma menina que escolheu desobedecer, saindo escondida dos pais. Ela alimentou em seu coração o desejo de conhecer pessoas que têm um padrão de vida sem limites. Como é mesmo que você diz para seus alunos: "Quem não ouve conselhos, escuta "coitado". Você acha que o Céu não se comove com essas coisas? Nós nos comovemos, mas respeitamos as escolhas de todos vocês. E os resultados das escolhas vêm, cedo ou tarde vêm e não importa a idade. Muitos em seus dias tomam decisões perigosas como a que Diná fez! A maioria não é por falta de conselho ou aviso.

Eu fiquei cabisbaixa, angustiada, mas sabia que o anjo tinha razão. A cidade estava movimentada, ela caminhou pelas ruas, olhando as construções. Em seu rosto meigo havia um sorriso encantador.

As jovens siquemitas estavam enfeitadas para a festa que aconteceria logo mais. Usavam pinturas e suas vestes eram um pouco diferentes das de Diná. Ela foi na direção de algumas delas para conversar.

As moças falavam a ela sobre seus costumes, sobre as comemorações. Uma delas perguntou:

— Você vai estar conosco mais tarde para participar de nossas comemorações sagradas, não vai?

A menina sorriu e disse:

— Oh! Não posso. Tenho que voltar para minha casa. Eu saí escondida de lá. Se meu pai descobrir, é bem capaz de me matar!

As jovens riram e disseram:

— Ele não deve ser tão rígido assim, são comemorações sagradas e você já tem idade para participar.

— Meu pai não pratica os costumes de sua gente.

— Não?! E que costumes vocês praticam?

Diná meneou a cabeça em sinal negativo, não estava afim de falar sobre suas crenças. As moças olhavam para ela curiosas, mas nenhuma palavra lhe saiu da garganta, apenas um suave e gentil sorriso.

As jovens, disseram:

— Então, venha conosco agora ajudar a nos prepararmos para a festa.

Elas foram para o local das comemorações, chegando lá, começaram a ornamentar o lugar.

Algum tempo depois, o príncipe Siquém, filho mais honrado de Hamor, o rei daquela região, chegou para ver se tudo já estava pronto. Ele era um homem forte, bem mais velho que Diná, mas assim que a viu, ficou encantado com a beleza da jovem e não parava de olhar para ela.

Uma das moças disse:

— Ninguém olhe, mas o príncipe não para de olhar para Diná.

Todas viraram ao mesmo tempo para ver.

— Eu disse para ninguém olhar!

Um soldado veio até as jovens e disse a Diná:

— O meu senhor quer que você o acompanhe.

— Acompanhá-lo para onde? – quis saber Diná.

— Para o palácio.

As garotas ficaram radiantes, pegaram nas mãos uma das outras e deram alguns passos, mas o guarda falou:

— Não vocês, apenas ela.

As meninas se entreolharam, Diná olhou para sua companheira de aventura e falou ainda segurando a mão das outras meninas:

— Não vou sem elas!

— Como ousa recusar a ordem do meu senhor?

As jovens olharam para Diná e disseram:

— É melhor você ir, não se pode contrariar o filho do rei.

Ela soltou as mãos das moças e seguiu com o soldado até o palácio do príncipe.

Enquanto ela seguia com o soldado, a jovem que saiu com ela correu de volta para o acampamento.

No palácio, Siquém aguardava por ela em seus aposentos. Estava luxuosamente vestido como príncipe e assim que a menina entrou, ele disse com um sorriso nos lábios:

— Você não é daqui! O que faz uma moça tão bela andando com as jovens da minha cidade?

— Apenas estou conhecendo o lugar, meu senhor.

Ele se aproximou dela, olhando-a de alto a baixo, tirou o véu que cobria seus cabelos, pegou uma mecha com a mão direita, cheirou. Diná permaneceu parada, estava apavorada, não sabia o que fazer.

Ele disse em seguida:

— Você é diferente das moças daqui, é muito mais bonita, e deve ser bem mais bonita sem toda essa roupa.

Ele foi se aproximando ainda mais dela e com a mão esquerda quis levantar o vestido, mas a moça o impediu, dizendo:

— Não, meu senhor! Não se faz assim na minha terra! É uma grande desonra.

— Mas você não está na sua terra, está na minha e na minha terra quem manda sou eu.

Diná relutou, mas Siquém a pegou à força e a estuprou. A pobre moça chorava inconformada, mas nada o impediu de fazer o que queria. E seus planos era abandoná-la em seguida.

A garota não parava de chorar, seu coração estava trêmulo, desejou a morte, virou-se para a parede inconsolada, Siquém, por sua vez, pensou que era apenas um caso a mais, mais uma jovem que ele abusava sem o consentimento, contudo, sentiu-se atraído por ela, como se sua felicidade e sua própria vida dependessem da dela para sobreviver.

Um turbilhão de sentimentos o invadiu, nunca antes havia lhe acontecido algo semelhante, seu coração angustiou-se. Queria a menina ao seu lado, o choro infeliz da jovem lhe deixava entristecido. Aproximou-se dela, acariciou seus cabelos e disse:

— Não chore, menina, não vou abandoná-la. De quem você é filha? Onde você mora?

Ela não respondeu, sua dor e vergonha estavam além de qualquer consolo, apenas soluçava incontrolavelmente.

Ele perguntou a um de seus soldados, mas ninguém conhecia a jovem. Ele voltou para o quarto, novamente passou a mão em sua cabeça e lhe perguntou mais uma vez:

— Onde você mora, menina? Não precisa ter medo, eu vou ficar com você, você será minha mulher!

Em prantos ela falou:

— Eu sou filha de Jacó, filho de Isaque, filho de Abraão, moro fora da cidade.

— Humm! Eu sei quem é o seu pai. É o estrangeiro que comprou parte de nossas terras, seus irmãos vêm com frequência aqui a negócios e para diversão; vou pedir a meu pai para pedir você em casamento a seu pai.

Quando ele concluiu as palavras, Diná voltou a chorar copiosamente.

— O que foi, menina? O que foi que eu fiz dessa vez? Você não quer casar?

— Não é isso. É que entre o meu povo não se faz assim, nós não nos entregamos antes do casamento.

— Eu já disse a você que você não está entre o seu povo e aqui na minha terra, entre o meu povo, nós não fizemos nada de errado. Os tempos são outros e seus parentes precisam se acostumar.

O homem levantou-se, foi até o pai. Aproximou-se dele e o velho homem disse:

— O que traz você aqui, meu filho?

— Eu resolvi seguir seu conselho, meu pai.

— Qual deles?

— Vou me casar. Encontrei uma jovem linda e quero que seja minha esposa.

O pai fez uma cara de insatisfação.

— Mais uma das jovens plebeias? Se for, desista! Você não é qualquer um para se casar com uma camponesa. Pode tê-la como concubina, até mais de uma se quiser, mas não como esposa.

— Não é qualquer moça, meu pai. O senhor está lembrado do estrangeiro que lhe comprou uma grande parte de suas terras?

— O hebreu rico?

— Sim. É com a filha dele que eu quero me casar.

— Você quer se casar com a filha do estrangeiro? A filha única dele? Ele é um homem muito rico, o dote da menina deve valer uma verdadeira fortuna, mas valerá a pena. Ele é o homem mais rico que temos aqui. Amanhã mesmo eu irei procurá-lo para combinarmos tudo.

— Amanhã não, meu pai, eu gostaria que fosse hoje.

O pai franziu a testa, olhou para o filho sem compreender.

— Por que tem que ser hoje?

— Porque a moça já está comigo. Eu a encontrei pela cidade e a trouxe para o palácio.

— Você o quê?! Você perdeu o juízo? Essa moça não é qualquer uma. No que você estava pensando? O pai dela é poderoso.

Siquém permaneceu calado, seu pai respirava eufórico.

— O pai dela tem muitas pessoas a serviço dele ! Hamor falava colérico, sua face ruborizada, caminhando na sala de um canto a outro – se ele se recusar a dar a filha a você, nós teremos que nos preparar para uma guerra.

— Não é para tanto, meu pai. Ele é apenas um chefe de família!

— O chefe de família mais rico da região, diga-se de passagem, e que além de ter uma quantidade muito grande de servos, é irmão do temido Edom. Basta que ele se junte a seu irmão e estaremos em apuros. Vamos agora mesmo tentar resolver a besteira que você fez.

Hamor, convocou uma comitiva e foi às terras de Jacó.

Nesse meio tempo, a amiga de Diná chegou ao acampamento de Jacó, entrou em sua tenda aflita, não sabia o que fazer. Se contasse a verdade, ela mesma seria punida, mas se não contasse, o que aconteceria a Diná?

Depois de pouco tempo, resolveu contar tudo a seus pais, que correram para a tenda de Jacó e contaram a ele o que se passava. Jacó perguntou à menina:

— Quem era o homem que a levou?

— Foi o príncipe Siquém, meu senhor, ele mandou o soldado dele levá-la para o palácio.

Jacó respirou fundo, em sua face havia uma expressão de tristeza e vergonha profunda, sua cabeça balançava para cima e para baixo, como que a refletir sobre questões que permaneceram em sua mente.

A jovem voltou com os pais para sua tenda, enquanto o ancião permanecia numa espécie de angústia mórbida. Chamou um de seus servos e mandou que fosse ao encontro de seus filhos e os trouxessem para casa.

Lia estava atônita com a notícia, seus olhos se encheram de lágrimas. Ela olhou para Jacó e perguntou:

— É só isso? Você não vai fazer mais nada?

— O que você quer que eu faça? Todos os meus filhos estão fora com a maioria dos servos, pelo tempo que o caso se deu, não há mais nada a fazer, o pior já aconteceu.

A mãe fechou os olhos, um misto de medo, dor e angústia subiu-lhe pelo corpo lhe fazendo-a curvar até ao chão. Raquel correu até ela, abraçou-a e as duas choraram abraçadas.

Quando os irmãos de Diná chegaram do campo, foram à tenda do pai para conversarem sobre o rebanho. O ancião estava acabrunhado, moído de tristeza, logo os seus filhos notaram seu desânimo, Ruben perguntou:

— Algum problema, meu pai? O senhor parece distante!

O homem deu um sorriso triste, como se quisesse amenizar o assunto e disse:

— Estou triste mesmo...

— O que aconteceu? – perguntou Levi.

— Aconteceu uma desgraça em nossas vidas, a irmã de vocês foi violada!

Os homens olharam para o pai com uma expressão de incompreensão e raiva.

— O que o senhor está nos contando, papai? O que aconteceu com Diná? Onde ela está?

— Sua irmã saiu hoje cedo para a cidade, com uma de suas amigas, o príncipe de Siquém a viu e a levou para a casa dele.

Os jovens se indignaram e Ruben perguntou:

— E cadê Diná?

— Continua lá em Siquém – respondeu o pai.

— Vamos juntar todos os homens para ir buscá-la! O que ele pensa?

Jacó consentiu com a cabeça, mas antes que saíssem, a comitiva de Hamor chegou em suas terras. Um de seus servos foi até a tenda principal e falou:

— Senhor, o governador da cidade de Siquém deseja vê-lo?

Jacó permaneceu calado, o servo aguardava pacientemente sua resposta, mas foi Ruben quem falou primeiro.

— Aquele canalha teve coragem de vir até aqui?

Ele olhou para seus irmãos e disse:

— Peguem suas espadas, nós vamos resolver agora a honra de nossa irmã.

Eles já iam saindo, quando Jacó falou:

— Ninguém vai fazer nada! Vamos ouvi-los primeiro e, olhando para o servo, mandou-os entrar.

O servo saiu e voltou com Hamor e seu filho Siquém. Assim que eles entraram na tenda, o clima de tensão entre os irmãos aumentou. Eles entraram e cumprimentaram a todos, em seguida, Hamor falou:

— Meu filho Siquém apaixonou-se por sua filha. Por favor, entreguem-na a ele para que seja sua mulher. Casem-se entre nós; deem-nos suas filhas e tomem para vocês as nossas.

Estabeleçam-se entre nós. A terra está aberta para vocês: habitem-na, façam comércio nela e adquiram propriedades.

Siquém, ansioso, disse a Jacó e aos irmãos de Diná:

— Concedam-me este favor e eu lhes darei o que me pedirem. Aumentem quanto quiserem o preço e o presente pela noiva e pagarei o que me pedirem. Tão somente me deem a moça por mulher.

Siquém era um homem acostumado a ter tudo o que queria e a comprar para si o que desejava. Ele havia cometido um crime bastava pagar o preço estipulado e tudo estava certo. Para os costumes daquela cidade, ele não havia cometido crime algum.

Os filhos de Jacó se entreolharam, estavam irritados, mas controlaram o ódio e disseram:

— Precisamos de um tempo para pensar.

Os dois homens saíram da tenda. Então Jacó perguntou aos filhos:

— O que vocês acham de tudo isso?

Simeão respondeu:

— Nós devíamos matá-los pelo que fizeram à nossa irmã!

Os outros concordaram, mas, Jacó retrucou:

— Matá-los não vai mudar o que aconteceu com minha filha, não trará a honra dela de volta, o mal já aconteceu. É melhor que ela fique com ele, afinal que outro homem teria coragem de se casar com Diná depois do que lhe aconteceu?

— Não podemos entregar nossa irmã a esse incircunciso canalha!

Os irmãos concordaram, mas Jacó falou:

— Será como eu disse.

Eles cochichavam entre si para não aceitarem o matrimônio, mas Ruben protestou:

— Não nos cabe essa decisão. Se nosso pai disse que devemos concordar em entregar a nossa irmã a ele, então entregaremos.

— Você perdeu o juízo, Ruben? – perguntou Levi – esse homem é um ímpio, incircunciso. Deixá-lo ficar com nossa irmã é um pecado contra Deus!

— Nosso pai já decidiu, cabe a nós respeitar a sua decisão.

— Como podemos nos unir a eles? – perguntou Simeão ao pai –Somos um povo separado!

Jacó ouvia seus filhos com atenção, por fim, disse:

— Entregar Diná a Siquém é o melhor que podemos fazer, assim ela não ficará difamada.

Enquanto o pai falava, os irmãos conversavam em um canto. Um deles disse:

— Não podemos aceitar essa situação! O que as pessoas vão pensar de nós? Certamente nos chamarão de covardes, um monte de homens covardes, não nos respeitarão. Nós devíamos era matá-los.

— Eu concordo, mas como vamos fazer? Nosso pai está irredutível.

Ruben, então falou:

— Eu tenho um plano, confiem em mim. Vamos fingir que concordamos com isso tudo, depois a gente resolve o resto.

Eles concordaram, então Ruben disse ao pai:

— Se o senhor prefere entregar a nossa irmã a ele, então circuncisão será o dote. Se Siquém está tão apaixonado por ela, não será nenhum problema para ele fazer isso.

Jacó concordou e mandou que os homens voltassem para a tenda para fecharem o acordo. Eles entraram e os filhos de Jacó falaram:

— Isso foi uma grande desonra e vergonha para nós. Daremos nosso consentimento a vocês com uma condição: que vocês se tornem como nós, circuncidando todos os do sexo masculino. Só então lhes daremos as nossas filhas e poderemos casar-nos com as suas. Nós nos estabeleceremos entre vocês e seremos um só povo. Mas, se não aceitarem se circuncidar, tomaremos nossa irmã e partiremos.

Hamor concordou com eles e se foram.

Jacó voltou para sua tenda. Os irmãos ficaram fora por mais um tempo e um deles disse:

— E agora, como vamos fazer?

— Tenhamos calma! – disse Ruben – Vamos dar um tempo para ver como isso ficará, depois resolveremos.

Cada um deles foi para suas tendas, apenas Simeão e Levi permaneceram por mais tempo. Levi falou:

— Eu não acho que Ruben vai fazer alguma coisa, ele só tem conversa! Eu, por mim, a gente resolvia isso agora mesmo.

— Calma, vamos vingar nossa irmã depois que eles se circuncidarem, porque estarão enfraquecidos.

— Certo, mas, será que os outros vão concordar?

— Não precisamos dos outros, nós mesmo podemos resolver.

O outro concordou.

A vingança

Naquele mesmo dia, Hamor convocou os líderes do povo para uma conversa. Assim que todos chegaram, ele disse:

— Meus amigos, eu convidei vocês aqui para falar sobre esses homens que estão habitando vizinho a nós. Eles são de paz. Permitam que eles habitem em nossa terra e façam comércio entre nós; a terra tem bastante lugar para eles. Poderemos casar com as suas filhas, e eles com as nossas. Mas, eles só consentirão em viver conosco como um só povo sob a condição de que todos os nossos homens sejam circuncidados como eles.

Ouve um murmúrio entre os homens, eles diziam:

— Como saberemos se podemos confiar neles? Eles já moram por aqui há alguns anos e não participam das nossas festas sagradas.

Outro disse:

— Verdade! Eles só nos procuram quando têm algum negócio a resolver. Os filhos dele são uns desordeiros; se o pai for como os filhos, não poderemos confiar jamais.

A discussão só aumentava, então Hamor falou:

— Meus amigos, lembrem-se de que os seus rebanhos, os seus bens e todos os seus outros animais passarão a ser nossos. Aceitemos, então, a condição para que se estabeleçam em nosso meio.

— Nessas condições, podemos aceitar, afinal o homem é muito rico.

Eles concordaram e combinaram para o dia seguinte todos os homens e meninos serem circuncidados.

Siquém voltou para casa, estava satisfeito, conseguiu o que queria mais uma vez. Diná estava no quarto, triste e envergonhada. Ele foi até ela e disse:

— Pronto, minha querida! Amanhã estará tudo acertado e você será minha para sempre.

Os olhos da menina se encheram de lágrimas. Ela baixou a cabeça e uma lágrima rolou, um soluço brotou de sua garganta fazendo seu corpo de menina estremecer:

— Você viu o meu pai? – ela perguntou com a voz embargada.

— Vi sim, é um homem enigmático!

— Como ele está? E minha mãe? – a moça não controlava mais as lágrimas.

— Estão bem.

Houve um silêncio. Diná continuava à espera de mais detalhes.

— Estão muito abalados, se é isso que quer saber, mas seu pai concordou em me dar você em casamento. Só vamos precisar nos tornar circuncidados como eles! Por que sua gente faz isso?

— É um sinal de que somos um povo separado para o grande Deus.

— Como assim?

Diná respirou fundo, não estava afim de explicar. Tudo que ela mais queria era voltar para sua casa, abraçar sua mãe, mesmo sem saber como a olharia depois de tudo.

Mas agora sua vida havia mudado, não tinha mais como desfazer. Quantas vezes nos sentimos assim, desejando refazer nossas escolhas, mas estas não podem mais ser refeitas. O que nos resta é conviver com as consequências.

Diná não dormiu naquela noite, sua vida tinha se tornado um medonho pesadelo. Trancada num palácio, seria agora a esposa perfeita do homem que dela abusara.

Os pensamentos lhe assaltavam toda a sua razão e entendimento – como amaria o homem que lhe causou tanta dor? Como amaria os filhos que nasceriam dessa relação? – quanto mais pensava, mais lágrimas vinham aos seus olhos.

No dia seguinte, os homens e os meninos se dirigiram à entrada da cidade e foram circuncidados. As crianças choraram muito, devido à dor. Naquele dia, nenhum homem trabalhou, ninguém fez nada. Eles foram cuidar do ferimento com ervas e plantas.

Siquém também voltou para sua residência, sentia muita dor. Ao chegar em casa ele perguntou por Diná a uma das criadas. A mulher lhe respondeu:

— Ela está no jardim, meu senhor.

— Ela comeu alguma coisa hoje?

— Não, senhor, apesar dos nossos rogos.

O homem pegou algumas frutas e foi até o jardim, onde encontrou sua amada conversando com as plantas, entregou-lhe as frutas e falou que se ele não a quisesse tanto, jamais teria feito a circuncisão! Mostrando a circuncisão a que fora submetido, declarou:

_ Você me enfeitiçou! Se eu soubesse que seria assim, não teria me aproximado de você, mas agora você é minha mulher e eu estou muito feliz por isso.

A menina baixou a cabeça, não estava tão feliz assim. Ele se aproximou dela, pegou sua mão e disse:

— Eu sei que não gostou do que fiz com você, mas eu estou tentando reparar esse mal, porém nada vai adiantar se você morrer de fome. Você precisa comer alguma coisa.

Ela olhou para as frutas, pegou uma delas e comeu. Seu rosto expressava toda a dor que estava sentindo, a dor que sentia na alma. Seus olhos estavam inchados e não mostravam mais o mesmo brilho de antes.

Três dias depois que os homens haviam se circuncidado e estavam sentindo as dores, a maioria deles ficou em casa, em repouso.

Nesse dia, Simeão e Levi disseram a seus irmãos:

— Hoje faz três dias que os homens de Siquém foram circuncidados. Devem estar fracos. É a chance que nós temos de vingar e salvar a nossa irmã.

— Vamos deixar essa história como está, pra que mexer com isso? – disse Ruben.

— Você é um covarde, Ruben! Então vamos deixar a ofensa que aquele incircunciso fez à nossa irmã por isso mesmo? Não, eu não vou deixar isso assim, não! Hoje à noite, eu e Simeão vamos vingar a nossa irmã e trazê-la de volta. Mais alguém está com a gente?

Os outros permaneceram calados. Simeão e Levi foram para casa, aguardar a noite cair para vingarem-se. Assim que eles saíram, Ruben falou:

— Eles não terão coragem de ir sozinhos para Siquém.

Quando o dia estava findando, os irmãos voltaram para o acampamento, estavam todos preocupados. Ruben estava do lado de fora de sua tenda quando os seus irmãos chegaram e disseram:

— Ruben, Simeão e Levi foram para Siquém e estavam armados!

Ruben ficou nervoso ao saber disso, entrou em sua tenda, retornando, em seguida, com sua espada na mão.

— Vamos segui-los.

Os irmãos seguiram no encalço dos outros dois.

Já estava escuro quando Simeão e Levi entraram na cidade. As pessoas estavam em suas casas, nem podiam imaginar o que sucederia a eles naquela noite.

Os irmãos entraram na primeira casa. Os donos estavam deitados quando eles invadiram, mataram todos os homens que estavam dentro dela, só deixaram as mulheres.

O ataque era rápido, sem dar tempo de nenhum deles reagirem. Quando terminavam em uma casa, iam para outra. Os sobreviventes, amedrontados, ficavam sem ação.

Percorreram toda a cidade, eliminando qualquer homem à sua frente. Depois que mataram as pessoas comuns, dirigiram-se à casa do governador, entraram às escondidas, traiçoeiramente mataram os vigias que estavam de guarda. Entraram na casa pelos fundos. O governador estava dormindo em sua alcova. Eles colocaram a ponta da espada em sua garganta e o acordaram. Hamor acordou assustado e gritou.

— Guardas!!!

— Se você está chamando pelos seus seguranças lá fora, poupe seu tempo.

Eles jogaram as cabeças dos vigias em cima da cama.

— O que vocês querem? – Hamor perguntou sem se mover.

— Você achou mesmo que a gente ia deixar a afronta que vocês fizeram à nossa irmã sem vingança?

— Mas eu estive lá com vocês e o que vocês nos exigiram nós fizemos!

— Nós nunca nos misturaremos com vocês!

Havia nos olhos de Simeão e Levi um ódio incontido. Hamor arregalou os olhos, como que a pressentir o mal, um tremor incontrolável percorreu todo o seu corpo quando o fio da espada penetrou sua garganta, cortando-lhe a veia principal. Jatos de sangue brotaram do ferimento. Em desespero, mas em vão, ele tentou conter. Assim que a vida lhe saiu com a última gota do líquido vital, os irmãos cortaram-lhe a cabeça, colocaram-na dentro de um saco e foram para a casa de Siquém.

Chegando lá, usaram a mesma estratégia que usaram na casa de Hamor. Siquém também estava dormindo, eles o acordaram. Assim que o homem abriu os olhos, eles disseram:

— Você reconhece essa cabeça?

Eles atiraram em seu colo a cabeça pálida de seu pai. Siquém esperneou-se assustado. Eles continuaram falando:

— Veja como é que nós fazemos com homens que abusam de meninas indefesas.

Siquém levantou-se rapidamente para pegar sua espada, mas os irmãos abriram-lhe o ventre com um único golpe, fazendo-o gemer. Suas vísceras derramaram-se. Em desespero, chamava pelos seguranças.

— Seu pai também gritou pelos guardas antes de morrer – disse Simeão, dando-lhe mais um golpe certeiro nas costas, fazendo-o retorcer-se.

O sangue escorria por suas pernas, aumentando o seu pavor. Por fim, deram o último golpe, que o fez sucumbir.

Enquanto Simeão e Levi praticavam o genocídio, os outros filhos de Jacó saquearam a cidade e levaram os sobreviventes cativos e os bens que haviam.

No palácio, os irmãos encontraram Diná. Ela estava dormindo em seu quarto quando eles entraram, acordando-a. As outras mulheres também haviam acordado com o barulho e começaram a gritar de pavor ao ver os corpos no chão. Diná, ao ver os irmãos em seu quarto, disse:

— Simeão! Levi! O que vocês estão fazendo aqui?

— Viemos buscar você.

Ela correu e se jogou em seus braços, sentiu-se aliviada por estar livre das mãos de seu estuprador, mas ao vê-los manchados de sangue, assustou-se. Eles, porém, disseram:

— Não precisa ter medo! Esse sangue não é nosso.

A menina sentiu um arrepio percorrer o corpo, ao pensar no porquê de tanto sangue. Ao sair dali, sua felicidade foi substituída por angústia de desgosto ao ver toda a destruição causada por seus irmãos. Sentiu-se ainda pior, pois sabia que se tivesse obedecido aos conselhos de seus pais e irmãos para não se aproximar da cidade, nada disso teria acontecido.

Eles voltaram para o acampamento. Jacó acordou ao ouvir toda aquele barulho. Diná correu e, em prantos, abraçou seu pai. Ele a abraçou também. Ela disse com a voz embargada:

— Perdoe-me, meu pai! Perdoe-me!

Jacó chorava muito e beijava-lhe a face ainda infantil da menina.

— Mas como isso se deu, minha filha? – Quis saber o pai – Como é possível você estar aqui?

Ruben aproximou-se do pai e disse:

— Simeão e Levi foram buscá-la.

O pai olhou para os jovens sem entender, mas quando viu o sangue nas roupas deles, sentiu o coração estremecer dentro do peito.

— Foram buscá-la?! Mas eu a dei por mulher a Siquém! O que vocês fizeram?

Os dois permaneceram calados. O olhar de Jacó mostrava uma decepção profunda. Ele olhou para Ruben, esperando uma explicação.

— Eles mataram praticamente todos os homens de lá.

E olhando para os outros irmãos, continuou:

– Saqueamos a cidade, trouxemos tudo de valioso que tinha lá, inclusive os meninos e as mulheres para serem nossos escravos.

Quando Jacó ficou sabendo do que seus filhos haviam feito, angustiou-se e falou decepcionado para Simeão e Levi:

— O que vocês fizeram, meus filhos? Vocês me afligem demais! As pessoas me odiarão por causa de vocês. Os povos dessa terra podem agora se juntar contra nós, e sendo nós pouca gente, corremos o risco de ser destruídos, todos nós! Não é assim que se resolvem as coisas.

Simeão falou sem sair do lugar:

— Abusaria ele de nossa irmã, como se fosse prostituta?

De Siquém à Efrata

Por um momento, Jacó esteve calado, estava decepcionado demais. Depois falou:
— Preciso me aconselhar com Deus. Só Ele pode me orientar nessa situação. Deixem-me só, por favor, meus filhos.

Os jovens se retiraram, Diná foi para a sua tenda e Jacó ficou ali, na presença do Criador. O Senhor lhe disse:
— Suba a Betel, meu filho, e estabeleça-se lá e faça um altar a mim no lugar que lhe apareci quando você fugia do seu irmão Esaú.

Jacó chamou seus filhos e disse:
— Já sei o vamos fazer. Deus já me orientou. Acordem todos, digam que eu quero falar com eles.

Todos no acampamento foram acordados, os homens se reuniram e Jacó falou com sua voz cansada pela idade.
— Todos vocês sabem da afronta que o filho de Hamor fez a mim. Eu tentei resolver a situação da forma mais amigável possível, mas meus filhos não são como eu. São jovens ainda, não compreendem as coisas e eles foram à cidade de Siquém matar os homens de lá e saquearam a cidade. Não podemos mais ficar aqui neste lugar, pois, os povos vizinhos podem nos ver como inimigos, podem temer que façamos com eles o que foi feito a esta cidade e se unirem contra nós para nos exterminar. Por isso, hoje mesmo iremos embora daqui. Nós vamos para Betel. Juntem tudo que é de vocês, mas antes precisamos fazer um concerto. Eu sei que muitos de vocês estão adorando os deuses desse lugar e possuem imagens, por isso quero que façam uma escolha: se querem me seguir, devem adorar o mesmo Deus que eu adoro e, sendo assim, terão que se desfazer das imagens, pois, o segundo mandamento da Lei de Deus nos proíbe de praticarmos tal coisa.

Então, todos lhe entregaram as imagens que possuíam e os brincos que pendiam nas orelhas e Jacó os enterrou embaixo de uma grande árvore próximo a Siquém. Em seguida, eles partiram para Betel. Lá, o Senhor reafirmou com ele a aliança e o chamou novamente pelo nome de Israel.

Quando estava em Betel, Débora, ama de Raquel, morreu. Ela era com uma mãe para a filha mais nova de Labão. Todos no acampamento gostavam dela, era uma senhora gentil e amorosa com todos, sua morte provocou grande choro em toda tribo. O cortejo fúnebre caminhou até um carvalho que ficava nas proximidades de Betel e ali, ao pé da árvore, o corpo dela foi depositado.

De Betel seguimos para Efrata. Caminhávamos devagar, pois Raquel já estava com os nove meses de gravidez, seus passos eram lentos e sofridos. Mesmo sentada no lombo dum animal, o percurso lhe era penoso, parávamos com frequência para que ela pudesse descansar. Percorridos alguns quilômetros, Raquel parecia mais cansada, ela caminhava segurando o ventre com a mão esquerda e com a direita ela apoiava a lateral das costas. Antes de chegarmos a Efrata, ela parou, segurou-se em seu filho José, fechou os olhos e respirou fundo. O garoto perguntou assustado:

— O que foi, mamãe? A senhora está sentindo alguma coisa?

— Corra a seu pai, meu filho, e peça para ele vir aqui com urgência.

Lia veio até sua irmã e perguntou.

— Você está bem, Raquel? Está sentindo alguma coisa?

Ela ergueu a mão à frente, como que a pedir apoio. A irmã aproximou-se e ela apoiou a mão esquerda no ombro dela e disse entre gemidos:

— Vai nascer!

A irmã a amparou, junto com outras mulheres.

— Aguente, minha irmã! Aguente! Já estamos chegando a Efrata. Raquel deu um gemido agudo:

— Não consigo mais! O bebê quer nascer!

Jacó veio correndo ao encontro dela, estava muito preocupado.

— Como você está, minha querida? Aguenta chegar a Efrata?

— Não, eu não aguento mais.

Jacó deu ordens urgentes para que montassem uma tenda para sua amada dar à luz. A parteira mais experiente foi chamada para ajudar enquanto os homens erguiam a cabana. Assim que ela chegou, já foi dando instruções.

— Bila, procure na bagagem dela panos limpos para o parto. Zilpa, coloque água para ferver.

Ela se aproximou de Raquel, colocou as duas mãos em seu ventre e disse:

— De quanto em quanto tempo você está sentindo as dores? Demora muito de uma para outra?

— Não está demoraaaaaando! – Ela disse meio que gemendo sob o efeito de mais uma contração.

— Ainda não está pronto. Não faça força, minha querida. Quando as dores vierem, assopre.

A parteira assoprava junto com Raquel para incentivá-la a resistir à força da natureza de empurrar o bebê.

Não demorou muito e a tenda estava montada. Para iniciar o parto, Jacó colocou sua amada nos braços, levou-a para dentro da barraca e deitou-a sobre um lençol. A Parteira o seguiu, acompanhada por Lia e Bila que traziam faixas limpas. A parteira colocou novamente as mãos no ventre da gestante. Sua fisionomia era bastante preocupante.

— Vamos colocá-la de cócoras, para facilitar a saída da criança. Vocês duas vão segurá-la pelos ombros enquanto eu seguro o bebê quando ele nascer. Raquel, só faça força quando eu mandar.

Raquel balançou a cabeça em sinal afirmativo. As duas mulheres lhe ampararam enquanto a parteira esperava o momento certo para iniciar o trabalho de parto.

Assim que veio a primeira contração, a parteira disse.

— Empurre, menina! Empurre!

A grávida fez força o tanto que podia. Quando a contração passou, a parteira disse:

— Descanse. Não faça força.

Ela parou de fazer força e aguardou outra contração, que não demorou muito para acontecer e tudo se repetir como antes.

Essa cena se repetiu várias vezes, sem resultado. Raquel estava esmorecida, então a parteira falou.

— Vamos deitá-la um pouco.

As três ajudaram Raquel a deitar-se. Assim que a deitaram, ela falou:

— O que está acontecendo? Por que o bebê não nasceu ainda?

— Calma, minha querida! Ele vai nascer.

— Eu não tenho mais forças.

Do lado de fora da tenda, Jacó aguardava ansioso, caminhando de um lado para outro. Ruben, vendo a aflição do pai, falou:

— Desse jeito, o senhor vai acabar cavando um poço!

— Tá demorando demais lá dentro – respondeu Jacó.

José estava sentado num canto, estava calado, seu semblante era de igual preocupação.

Dentro da tenda, a parteira examinou a parturiente novamente.

— Raquel, querida, seu bebê está atravessado. Eu vou precisar colocá-lo na posição correta para que possa nascer.

Ela, em dores e aos gemidos, apenas consentiu com a cabeça.

— Lia !– chamou a parteira – Eu vou colocar a criança na posição. Você vai ficar aqui, junto ao tórax dela. Quando eu mandar você vai pressionar a barriga dela na altura de estômago.

— Certo – disse Lia se posicionando no lugar ordenado. Era de medo a expressão em sua face.

— Não tenha medo, Raquel !– disse a parteira – pois você terá outro menino.

Raquel, quase sem vida, consentiu com cabeça.

A anciã, com muita dificuldade, colocou o bebê na posição correta e disse.

— Lia, na próxima contração, você vai empurrar com toda a força. Raquel, você precisa ser forte para essa criança vim ao mundo.

Quando a contração se intensificou a parteira disse:

— Força, Raquel! Força! Lia, empurre!

A parturiente deu um profundo gemido, que parecia ter saído de suas entranhas. O bebê rompeu a madre e chorou, fazendo todas suspirarem aliviadas.

— É um menino! Um meninão! – a parteira disse satisfeita – E qual é o nome dele?

Raquel ergueu um pouco a cabeça, sorriu ao ver seu filho.

— Benoni – disse ela – o filho da minha aflição.

Sua voz era como um sussurro, mal podia ser ouvida. Ela recostou a cabeça no colo da irmã, e expirou.

— Raquel! Raquel! – gritou a irmã, mas nao obteve resposta.

Lia olhou para a parteira com os olhos mareados, esperando que ela fizesse alguma coisa. A senhora aferiu os sinais vitais e, em seguida, fechou os olhos de Raquel.

— Não podemos fazer mais nada! – Ela disse a Lia com muito pesar.

A irmã, afastou-se ao impacto da trágica notícia. As lágrimas que estavam em seus olhos se derramaram pela sua face, ela balançava sua cabeça em sinal negativo, sua mente não queria aceitar a situação.

— Não pode ser! Claro que não pode ser! Ela apenas desmaiou – ela fez um movimento com os lábios como se desse um leve sorriso misturado com pranto – nós ainda vamos brigar muito por Jacó!

Seus olhos mostravam desespero e dor. Bila chorava com o bebê no colo. A parteira saiu da tenda e chamou as servas para limparem o local do parto e prepararem a morta. Jacó aproximou-se da senhora com um misto de alívio e felicidade pelo fim do parto.

— Quando poderei vê-la? – ele perguntou.

A mulher, em lágrimas, apenas balançou a cabeça em sinal negativo. Jacó entrou apressado na tenda e, ao entrar, viu o corpo de sua amada ao chão, sem vida.

Ele sentou-se no chão, curvou sua fronte, cabelos e barba grisalhos, ainda assim não estava preparado para perdê-la. Bila aproximou-se dele e lhe entregou o bebê.

— Ela o chamou de Benoni. Foram suas últimas palavras.

O ancião pegou seu pequeno nos braços, tentou sorrir, mas não conseguiu, seu rostinho infantil pedia alimento.

— Não será Benoni – disse o pai – se chamará Benjamim, o filho da minha destra.

— Dê-me aqui o menino – pediu Bila – vou encontrar alguém no acampamento para alimentá-lo.

Jacó o entregou e ela saiu a procurar uma ama de leite para o menino. Assim que entregou a criança, ele rastejou até sua amada, não pôde mais segurar o pranto e chorou como um menino.

A notícia da morte de Raquel se espalhou pela tribo. Todos choraram muito. José procurou um lugar sossegado para chorar, queria ficar sozinho para recordar os momentos felizes ao lado de sua mãe. Sentiu pena de seu irmãozinho que não teria a mesma oportunidade.

Jacó enterrou a única mulher a quem ele amou verdadeiramente, sepultando-a à beira do caminho de Efrata, que é Belém – local onde Cristo nasceu muitos anos depois. Sobre o lugar de sua sepultura, ele levantou uma coluna e, com muito esmero, passou a cuidar de seus dois únicos filhos, José e o pequeno Benjamim. Eles foram criados nos costumes do pai e se tornaram homens de melhor caráter que seus irmãos.

Saindo de Efrata, Jacó armou suas tendas adiante de Migdal –Éder. Nessa época, Rúben deitou-se com Bila, concubina do pai e o pai ficou sabendo. Isso o deixou muito contrariado.

Depois, Jacó foi visitar seu pai Isaque em Manre, perto de Quiriate-Arba, que é Hebrom, onde Abraão havia morado. Ele ficou com o pai até a sua morte. Nessa ocasião ele reencontrou seu irmão Esaú.

José, o sonhador

De todos os filhos de Israel, José era o mais obediente. O pai o amava mais que a todos os seus outros filhos por ser ele o filho de sua velhice e o primeiro filho de sua amada Raquel, muito embora todos os outros também fossem filhos da velhice. Desde cedo, José mostrou ter um caráter digno e reto.

O rapaz ajudava a seus irmãos, os filhos de Zilpa e Bila, a apascentar os rebanhos e trazia más notícias deles a seu pai. Por isso eles o odiavam ainda mais.

Quando José tinha 17 anos, seu pai fez para ele uma túnica colorida de mangas compridas. Esse tipo de roupa era usado pelos príncipes. Quando seus irmãos viram, ficaram enfurecidos. Longe da presença do pai, eles comentaram:

— Vocês repararam na roupa que nosso pai deu a José? – perguntou Gade.

— Qual será a intenção de nosso pai com essa roupa? – perguntou Dã – será que ele está pensando em colocá-lo como nosso líder?

— Espero que não! – disse Rúben.

— A culpa é sua, Rúben! – disse Levi – Se você não tivesse se deitado com Bila, nosso pai escolheria você.

Os filhos de Bila baixaram a cabeça envergonhados e enraivecidos, mas não disseram nada, apenas levantaram-se e saíram.

— Viu só o que você fez? – perguntou Rúben a Levi sem esperar dele a resposta. Levantou-se e saiu.

Certo dia, José estava com seus irmãos, desde cedo, a tosquiar as ovelhas. Na metade da manhã, eles pararam para descansar. Enquanto isso, se alimentaram. Os rapazes conversavam animadamente, mas José permanecia calado, parecia intrigado com alguma coisa. Judá, percebendo, cutucou Levi e apontou para José, fazendo-o com um movimento com a cabeça. Levi olhou e ficou curioso, então cutucou Dã e um começou a cutucar o outro, até que todos pararam de rir e olharam para José. Judá, com uma fisionomia irônica, falou:

— O que será que aconteceu com o menino prodígio? Parece concentrado! Kkkkkk.

— Ele deve estar maquinando. O que mais ele pode fazer para puxar o saco de nosso pai? – falou Levi.

Os irmãos gargalharam.

— Cuidado! Não falem assim! – disse Dã – Senão a menininha vai correndo para o colo do pai!

Os irmãos zombavam de José. Ele, por sua vez, parecia não fazer caso das brincadeiras. Virou-se para eles e disse como se não tivesse ouvindo nenhuma das zombarias.

— Não é nada disso, eu só estou intrigado com um sonho que tive esta noite.

Os irmãos pararam de rir e olharam um para o outro.

— Que sonho? – perguntou Rúben.

— Eu vou contar para vocês. – ele se acomodou um pouco mais - Eu sonhei que a gente estava no campo, atando feixes. De repente o meu feixe se levantou e ficou em pé e os feixes de vocês o rodearam e se inclinaram perante o meu.

Os irmãos pararam de zombar, ruborizaram de raiva ao ouvirem suas palavras e disseram:

— O que você está nos dizendo? Você acha que reinarás, com efeito, sobre nós? E sobre nós dominarás realmente? É isso que você quer nos dizer?

José se calou e saiu de perto de seus irmãos.

— O que vocês acharam do sonho dele? – perguntou Naftali.

— Acho que ele está mentindo. – falou Judá – Ele inventou essa história para que nós e nosso pai acreditemos que o grande Deus o escolheu para nos liderar.

Os irmãos concordaram e por causa dos sonhos dele não o suportavam mais. Dias depois ele teve outro sonho e o referiu a seu pai e irmãos dizendo:

— Esta noite eu sonhei que o sol, a lua e onze estrelas se inclinavam perante mim.

Seu pai o repreendeu dizendo:

— Que sonho é este que você teve? Acaso todos nós, sua mãe, seus irmãos e eu, a inclinar-nos perante você em terra?

Os sonhos de José deixavam seus irmãos ainda mais irritados, porém seu pai considerava tudo isso em seu coração.

José também ficava intrigado com seus sonhos e ficava a se perguntar se um dia ele seria o líder de seu povo, substituindo seu pai para governar sobre os filhos de Israel. Seus irmãos também passaram a considerar essa possibilidade, afinal, seu pai tinha grande amor por ele. Por esse tempo, alguns dos mais velhos já tinham família. Judá já havia se casada e seus filhos já tinham nascido.

Vendido como escravo

Dias depois, ao entardecer, quando os rapazes estavam voltando de apascentar o rebanho, Jacó se aproximou do aprisco onde eles estavam.

— Está bonito! – Disse ele olhando o rebanho – Onde vocês estão apascentando?

— Aqui perto, meu pai. – Disse Rúben – Mas os pastos não estão mais como antes. Ouvimos falar que para as bandas de Siquém a situação está melhor. Amanhã levaremos para lá.

— Vocês sabem que eu não gosto que vocês andem para lá, fico muito aflito com isso depois do que Simeão e Levi fizeram. Procurem outro lugar.

— Vai viver com medo a vida toda, meu pai? – retrucou Rúben – Se tivessem de fazer alguma coisa contra nós, eles já teriam feito. Os pastos aqui por perto estão muito surrados, se ficarmos por aqui os animais vão começar a sofrer.

— Está bem, mas tenham cuidado! E mandem-me notícias.

— Teremos cuidado, meu pai e mandaremos notícias sempre que for possível.

No dia seguinte, antes do sol surgir no horizonte, os moços levantaram, pegaram o rebanho e seguiram viagem para Siquém. Quando chegaram lá, resolveram ir para Dotá. Os dias se passaram e nenhuma notícia chegava daquelas bandas. Jacó começou a se preocupar pelos seus filhos. Ao fim daquela tarde, ele estava com José e Benjamim apreciando a paisagem. Seu semblante era carregado.

— Algum problema, meu pai? O senhor está tão calado hoje.

O velho pai suspirou com força.

— Estou muito preocupado com seus irmãos. Já faz alguns dias que eles foram para Siquém e até agora não me mandaram nenhuma notícia.

— Eles devem estar bem _disse José – eles sabem se virar e, além do mais, notícia ruim chega logo.

— Mesmo assim, amanhã, de madrugada, quero que você vá até eles e me traga notícias.

— Eu não sei se acerto o caminho, já se passaram mais ou menos uns 3 anos que saímos de lá.

— Acerta sim! Não tem erro. Eu vou lhe dar a rota certinha. Você só precisa se preocupar com o deserto porque tudo é muito parecido. Use os astros para se localizar, faça como eu ensinei.

— Certo, meu pai. Eu vou tentar.

O rapaz pegou nos braços o irmãozinho e levou para passear naquele fim de tarde pelo acampamento. No dia seguinte, de madrugada, o pai acordou o filho, deu-lhe alguns mantimentos e água e o mandou ao encontro dos irmãos. Eu fui com José. Ele não podia me ver nem ouvir. Ao chegarmos à região de Siquém não encontramos seus irmãos, então ele começou a procurá-los por todos os lugares, até que um homem o encontrou vagando no deserto.

— O que faz um rapaz, na sua idade, vagando sozinho neste deserto? – quis saber o homem.

— Eu estou procurando os meus irmãos que vieram com os banhos para esta região.

— De quem você é filho, rapaz?

— Eu sou filho de Jacó, filho de Isaque, filho de Abraão.

— Filho de Abraão? Abraão foi um grande homem nessas bandas. Meu pai falava muito nele. Seus irmãos são uns rapazes jovens, mais ou menos na sua idade?

— São sim. O senhor os viu?

— Vi sim, mas eles não estão mais aqui. Dias atrás, eles foram para Dotã.

José foi para lá. Ainda estava longe quando os avistou, eles também o avistaram.

Eu acompanhava José, à distância, quando Anael me apareceu.

— Oi, Ângela.

— Nossa, Anael! Você sempre consegue me assustar. Ele apenas riu.

— Vim para levar vocês aos irmãos.

Eu balancei minha cabeça para cima e para baixo, consentindo.

Ele me levou até aos irmãos, que falavam:

— Olha quem vem ali! O tal sonhador.

Os irmãos ergueram a cabeça e olharam. Levi falou:

— E vem com a roupa nova que nosso pai lhe deu. Parece que papai gosta mais dele do que de todos nós. Nunca fez para a gente uma roupa assim. Acho que nosso pai deseja dar-lhe a bênção da primogenitura.

Simeão, olhando fixamente para José disse:

— Isso só vai acontecer se a gente permitir

— E como vamos impedir? – perguntou Aser – É nosso pai quem escolhe e não nós.

— Vamos matá-lo – falou Simeão que ainda olhava fixamente para José.

Mas Rúben falou:

— Matá-lo? Você perdeu o juízo, Simeão? Detesto-o tanto quanto você, mas ele é nosso irmão, não podemos fazer isso.

— Você o viu contar os sonhos. Nosso pai o ama mais que a qualquer um de nós. Ele é o primogênito de Raquel. Nosso pai com certeza dará a ele o direito da primogenitura e ele reinará sobre nós. Você já pensou nisso? Vamos matá-lo para impedir que o sonho dele se realize.

— Não – disse Rúben – ele é nosso irmão, não vamos sujar com sangue nossas mãos. Eu tenho uma ideia melhor. Vamos colocá-lo nessa cisterna e largá-lo aí, até a gente decidir o que fazer com ele.

Os irmãos concordaram nisso, contudo a verdadeira intenção de Rúben era de devolver o rapaz em segredo ao pai. José, por sua vez, estava feliz por encontrar seus irmãos com saúde. Aproximou-se deles sem desconfiar de nada Trazia no rosto um enorme sorriso que ainda o deixava mais bonito. Mas, assim que ele chegou até seus irmãos para os abraçar e beijar, eles o agarram, tiraram a sua roupa especial.

— O que vocês estão fazendo? – Dizia José enquanto os irmãos o agarravam – Por que estão tirando a roupa que meu pai me deu?

Eles o pegaram e o jogaram dentro de uma cisterna vazia que existia ali.

— Quero ver agora no que vai dar os seus sonhos! – Disse Naftali.

— Tirem-me daqui! – implorou José – O que eu fiz a vocês para me odiarem tanto?

De dentro da cisterna, o rapaz implorou para que seus irmãos lhe tirassem dali, suplicou para que não lhe fizessem nenhum mal, pediu para ter compaixão do idoso pai, mas tudo foi em vão. O que mais os irmãos dele temiam era que Israel passasse para ele o direito da primogenitura e ele se tornasse o líder do clã.

Enquanto o moço suplicava, seus irmãos zombavam dizendo:

— Pare de gritar e conte-nos agora mais um de seus sonhos.

Outro disse:

— Você acha que será nosso líder quando nosso pai morrer? Olhe como nós nos ajoelhamos diante de você!

Eles gargalhavam diante do desespero do rapaz.

Olhando o comportamento dos filhos de Israel, em nada se pareciam com o povo de Deus. Eles eram rebeldes e desobedientes. Quando estavam distantes do pai mostravam toda a sua maldade e desrespeito. O comportamento deles envergonhava o pai.

Muitos cristãos hoje seguem o mesmo caminho. Quando estão longe da igreja, mostram seu verdadeiro caráter, não se comportam como cristãos e envergonham o Pai.

Rúben saiu para resolver alguns assuntos e, enquanto seus irmãos estavam comendo, uma caravana de midianitas chegou. Eles estavam levando arômatas, bálsamo e mirra para venderem no Egito. Então Judá, olhando fixamente para a caravana disse:

— De que nos aproveitaria matar o nosso irmão e esconder-lhe o sangue?

Todos pararam de comer e olharam para Judá. Este continuou:

— Vamos vendê-lo aos ismaelitas; não coloquemos sobre ele a mão, pois é nosso irmão e nossa carne, vamos vendê-lo e assim resolveremos nosso problema.

Todos concordaram, menos José, é claro! O rapaz aos prantos suplicou:

— Por favor, não façam isso comigo! Não me vendam! O que vocês vão dizer a nosso pai?

Judá respondeu:

— O que vamos dizer a nosso pai não é problema seu. Vamos ver agora no que darão os seus sonhos.

Os irmãos não deram ouvidos às suas lamentações e o venderam por vinte ciclos de prata. Intencionavam assim, impedir que José se tornasse superior a eles e os dominasse.

Satanás estava por trás das ações maléficas de seus irmãos. Ele pôde dominá-los por causa da inveja e ciúmes que sentiam. O inimigo acreditava que vendendo José para os midianitas impediria que os sonhos se realizassem na vida de José.

Quando Rúben voltou e não achou o rapaz, se angustiou:

— Cadê o garoto? O que vocês fizeram com ele?

Um deles respondeu:

— Fique calmo! Nós não o matamos, apenas vendemos para os midianitas.

Rúben desesperado disse:

— Vocês enlouqueceram! O que diremos a nosso pai?

— Diremos que não o vimos. Que não sabemos dele.

Mas Rúben questionou:

— E vocês acham que nosso pai não procurará por ele até descobrir tudo?

— Não tínhamos pensado nisso – disse Judá - mas podemos resolver. Temos aqui a túnica dele. Vamos molhar no sangue de um animal e dizer a nosso pai que encontramos a roupa no deserto. Certamente ele pensará que o rapaz foi morto por alguma fera.

— Isso é cruel, Judá – disse Rúben.

— É cruel, mas não temos outra escolha – afirmou Judá.

Eles mataram um bode e molharam a túnica no sangue do animal, em seguida Levi perguntou:

— Quem vai levar a roupar e contar a nosso pai?

— Rúben – disse Aser – ele é o mais velho!

— Eu mesmo não! Eu nem concordei com isso tudo! Judá leva, foi ele quem armou a situação.

— Eu não não tenho coragem para isso.

— Vamos mandar por um portador – disse Simeão, atraindo para si a atenção de todos – a gente paga a alguém para levar a roupa até nosso pai com uma mensagem nossa perguntando a ele se reconhece a túnica. Simples assim.

Os rapazes concordaram. Arranjaram um portador e o enviaram ao pai.

Em seguida, Simeão chamou a atenção de seus irmãos e disse:

— O que aconteceu aqui morre aqui. Ninguém comenta nada nunca mais. Em hipótese alguma, falaremos do que ocorreu aqui. Levaremos esse segredo conosco para o túmulo.

Todos concordaram. Dias depois o homem chegou ao acampamento de Israel procurando-o. Os servos o chamaram. Ele o recebeu em sua tenda. O velho coração, cansado de tantas decepções, preparou-se para mais uma, acreditando que o homem trazia alguma reclamação de seus filhos, pois isso era algo corriqueiro.

Após sentar-se, o homem tirou de sua bolsa a túnica de José ensanguentada.

— Seus filhos encontraram esta roupa e me pediram para lhe entregar, veja se é a túnica do seu filho.

Jacó recebeu a roupa. Abriu a túnica com as mãos trêmulas, o coração batia descompassado, a roupa estava endurecida por causa do sangue seco. As mãos do velho pai não suportaram o peso da dor ao reconhecer o manto.

— Não! Não! Não! – ele repetia chorando – Meu menino José! Não!

O homem saiu de sua tenda com lágrimas nos olhos. Jacó chorava tão alto que seus servos correram ao seu encontro enquanto o mensageiro se distanciava.

— Senhor, o que está acontecendo? – perguntou um dos servos.

Lia entrou na tenda, estava muito preocupada com o alvoroço.

— Meu senhor, o que está acontecendo? – ela lhe perguntou aflita.

— Meu menino, Lia! Meu menino! – ele mostra a Lia a túnica ensanguentada de José.

Lia olhava fixamente o manto manchado. Ela pegou a roupa da mão dele, examinando-a como se fosse uma perita.

— É a roupa de José que você fez?

Ele tentou falar, mas não conseguiu. A dor o impedia. Então, afirmou com a cabeça.

— E essas manchas são do sangue dele?

Novamente ele afirmou com a cabeça e, com muita dificuldade, falou.

— Um animal deve ter tirado a vida dele. A vida do meu menino.

Lia sentou-se, suas pernas tremiam.

— Não pode ser, Jacó! José é um rapaz esperto. Olhe de novo. Não deve ser a roupa dele. Dê-me aqui, deixe eu examinar mais uma vez.

— Eu queria que não fosse dele, queria que tivesse sido eu que tivesse morrido, não ele. Eu não devia tê-lo mandado sozinho. Deixe-me só, saiam todos, eu quero ficar sozinho com minha dor.

Todos se retiraram de sua tenda, mas, mesmo de longe, podiam ouvi-lo lamentar por seu filho amado. Dias depois, os rapazes chegaram ao acampamento do pai. Assim que entraram, os servos contaram a eles que a roupa enviada era realmente de José. Eles fingiram estar comovidos e foram consolar o pai, mas este não quis ser consolado, até porque se sentia culpado pelo que havia ocorrido ao filho.

Eu ali, entre eles, sem que pudesse ser vista, senti tristeza por todos eles, muita tristeza por ver que aqueles homens eram tão maus que nem tiveram a decência de ir pessoalmente ao pai entregar a túnica, porque tinham medo de que seus segredos fossem revelados. Mandaram ao pai a roupa de José suja de sangue, insinuando que o mesmo tinha sido morto por algum animal. Fizeram isso como se fosse uma coisa pequena. Contudo, tiveram que conviver com a dor e o lamento do pai por longos e penosos anos. Tiveram que carregar consigo essa culpa. E quando se tornaram pais, entenderam toda a dor que Israel sentiu e ainda sentia por pensar que um de seus filhos estava morto.

Eu estava olhando a cena atentamente, quando Anael me disse:

— Ângela, aqui está sua nova roupa. Vista-se e venha. Vou levar você de volta a Dotã.

Eu vesti a roupa. Era simples. O tipo de roupa que é usada por uma mulher pobre. Ele me levou de volta para Dotã. Voltamos no tempo e chegamos no momento que o rapaz havia sido vendido por seus irmãos. Quando chegamos, eu olhei para o anjo e vi que ele também estava disfarçado.

Ele sorriu para mim e falou:

— Desculpe, mas terei que amarrar você.

— Me amarrar por quê? – Eu lhe perguntei, querendo compreender.

— Porque é assim que são tratados os escravos que estão à venda.

— Como assim escravo? O que você está planejando?

— Planejo lhe vender para os ismaelitas para que você saiba como foi a jornada de José.

Eu que estava com a cabeça abaixada, ergui rapidamente.

— Como é que é? Você está falando sério? Eu já estudei sobre como os escravos são tratados. Não quero passar por isso!

— Essa é uma decisão que não cabe a mim nem a você, são as ordens do Mestre e devemos cumpri-la.

Eu respirei fundo, resolvi obedecer. Anael me amarrou e foi até o líder da caravana e me vendeu por dez ciclos de prata.

— Dez ciclos? – eu perguntei ao anjo insatisfeita, quando este veio até mim para me entregar aos meus novos donos – José custou o dobro!

— Homens têm mais valor que mulheres nesse comércio. Além do mais, quando eles perceberem o quanto você reclama, vão lhe entregar de brinde a quem adquirir outro escravo.

— Há! Há! Há! Muito engraçadinho você.

Ao ser vendida, a caravana partiu rumo ao Egito. Eu segui ao lado de José. Nós fomos amarrados por cordas e estas foram atadas aos animais. Anjos seguiam à frente de José, para o guardar.

Percorremos as regiões áridas do deserto. Depois de uma longa jornada, passamos próximos às terras de Jacó. De onde estávamos, podíamos ver as tendas. José seguia inconsolado, olhando para trás, na esperança de que seus irmãos desistiriam da venda e voltariam para resgatá-lo.

Então, eu disse:

— Não chore José. Eles não voltarão.

Por algum motivo, ele não me reconheceu. Era como se eu nunca tivesse feito parte da vida dele. Ele me respondeu:

— Como sabe meu nome? Por que acha que eles não voltarão?

Por um instante fiquei sem resposta, mas, em seguida disse:

— Ouvi seus antigos donos falarem a seu respeito antes de venderem você.

— Não eram meus donos, eram meus irmãos.

— Pior ainda! Eles não voltarão.

José olhou para mim, depois para o deserto. De seus olhos lágrimas rolaram molhando seu belo rosto. Nunca foi plano de Deus que José fosse para o Egito. Isso não fazia parte dos sonhos do Criador. Ir para lá era uma estratégia do diabo para impedir que os sonhos de José se realizassem. Mas o Pai Infinito, em sua sabedoria, transformou a maldição em bênção porque José foi fiel.

Seguimos pelo caminho, subindo e descendo montes intermináveis até chegarmos ao nosso destino.

José: o mordomo fiel

Depois de alguns dias peregrinando no deserto escaldante, finalmente chegamos ao Egito. Nós entramos na cidade. Pessoas caminhavam nas ruas empoeiradas. Nós fomos levados para a feira livre, onde os escravos e as mercadorias eram vendidas. Chegamos cedo, ficamos lá plantados quase a manhã toda. Não podíamos conversar uns com os outros, o que tornaram as horas ainda mais longas e tediosas.

Alguns compradores de escravos aproximaram-se da gente e começaram a nos olhar, pegar nossas mãos e levantar nossos braços, como se estivessem procurando algum defeito enquanto olhavam a nossa musculatura.

— Virem-se! – disseram.

Nós giramos vagarosamente diante dos olhares investigativos de nossos supostos compradores.

— Esses não! – disse o homem que nos olhava – A escrava é magrela demais para trabalhos pesados e o escravo... bem, esse é bonito demais para eu levá-lo para perto de minhas filhas. Vou ficar com aqueles ali, que eu olhei primeiro.

O homem saiu e José respirou aliviado. Eu me aproximei dele e cochichei ao seu ouvido.

— Parece que nem para escravos a gente serve. Ninguém quer comprar a gente! – ele se esforçou para segurar o riso, enquanto os nossos donos nos mandavam silenciar.

Por volta da segunda metade da manhã, quando o sol já estava bastante quente, outro homem apareceu para comprar escravos. Era um observador cuidadoso.

Novamente tivemos nosso corpo observado para ver se tínhamos algum defeito que nossos vendedores quisessem esconder. Giramos em sua presença e paramos na mesma posição de antes.

— Quero ver os dentes deles – disse o homem asperamente.

Abrimos a boca e ele investigou todo o interior dela.

— Eu vou ficar com o jovem – disse o homem – não é bem o que eu preciso, mas vai servir. Quanto custa?

— Cinquenta peças de prata.

— Quanto? – o homem se assustou com o preço.

— É um ótimo escravo, senhor – disse o ismaelita – e é jovem ainda. Servirá por muito tempo. O tipo físico dele é de um garanhão e, o melhor, é um jovem inteligente. Os homens que nos venderam nos disseram que ele é bom em tudo, tanto para serviços pesados, como para realizar cálculos complicados e registrar seus bens. Está barato assim porque já estamos indo embora e não queremos levar nenhum escravo conosco.

— Tá bom, você me convenceu, eu vou ficar com ele.

— E a escrava, vai querer? – perguntou o vendedor – eu faço um preço bom para o senhor, afinal o senhor já vai nos comprar o escravo mais caro que nós temos aqui.

— Não, a escrava eu não vou querer. Ela não parece forte o suficiente para os trabalhos em minha casa. Minha senhora é uma mulher muito exigente.

— Ora, ora, não subestime o potencial de uma escrava pela sua aparência! Mesmo não aparentando, ela possui dotes que agradariam a qualquer senhora, mesmo as mais exigentes. Ela tem um talento muito sofisticado, tanto para culinária, quanto para ornamentar ambientes. Você pode levar esta excelente escrava pela pechincha de apenas trinta peças de prata.

— O quê?! Trinta peças de prata é o que se paga por um bom escravo. Eu pago por ela 15 peças de prata e não se fala mais nisso.

— Certo, como você adquiriu o meu melhor escravo, eu vou vendê-la por esse preço ao senhor.

José e eu fomos levados para a casa de Potifar. Ao chegar lá, uma escrava gorda e baixinha, que aparentava ter mais ou menos 50 anos, me colocou para fazer a limpeza da residência. A casa era enorme, uma mansão para a época, toda ornamentada com vasos e utensílios preciosos. Deu-me um frio na espinha, ao pensar no trabalho que teria ali dentro.

Naquele dia, não vi a mulher do meu senhor, mas vi José sendo orientado quanto às suas atividades. Havia em seu rosto um misto de tristeza e saudade, contudo, ele fez o que lhe foi ordenado com perfeição. Dia a dia, Potifar observava o comportamento do jovem e viu que seus modos educados não eram de escravo, mas de nobre. Em pouco tempo ele viu que o rapaz era diferente dos outros e tudo que ele fazia era abençoado por Deus. Então, em menos de um ano, seu senhor o colocou como mordomo de seu lar.

A mulher de Potifar

Certo dia, estava eu fazendo a limpeza da sala principal. Era um compartimento enorme, tinha muitos utensílios de ouro e outros que eu não soube identificar o material, porém todos eram trabalhos de artesãos profissionais.

José estava na sala, cabeça baixa, pensando talvez. Aproximei-me dele e disse:

— Está tudo bem com você, José?

Ele levantou a cabeça serenamente e me olhou. De fato ele era muito bonito. Um dos homens mais bonitos que eu tinha visto até então. Havia algum tempo que a gente não se via, então ele disse com um leve sorriso, olhando nos meus olhos:

— Sim. E você é aquela escrava que veio comigo. Tenho a impressão de que lhe conheço de algum lugar?

— É que, talvez, você já me conheça mesmo – eu disse fazendo um certo mistério e sem entender porque ele não conseguia se lembrar de mim.

— Você ainda não me disse seu nome. – ele exclamou desistindo de tentar recordar de onde me conhecia.

— Ah! É verdade! Meu nome é Zaira – eu disse

— De onde você é Zaira?

Por que ele tinha que me fazer essa pergunta? E por que eu não fiquei calada? Esse é o mal de quem mete o dedo onde não é chamado. Mas eu respondi com uma certa apreensão.

— De muito longe. Muito longe. Você não conhece, nem faz ideia de onde fica.

Ele balançou a cabeça, como se não quisesse me constranger.

— Você também não parece ser uma escrava e você falou comigo naquele dia como se já me conhecesse de outro lugar... de onde você me conhece?

— *Hirrr!!* Você não vai acreditar se eu lhe contar, mas isso não vem ao caso. Vamos deixar esse assunto para um outro dia, porque, na verdade, eu preciso voltar ao meu trabalho.

— Está bem, então – ele disse educadamente.

Voltei aos meus afazeres, antes que as coisas se complicassem ainda mais. Contudo, vi Anael num dos cantos da sala com um ar de riso no rosto, se divertindo com meus embaraços.

José levantou-se e saiu para suas atividades. O anjo veio até mim e disse:

— Eu vim pegar você para irmos à terra de Canaã, tenho algo para lhe mostrar lá.

— Ok – eu respondi sem questionar, afinal, eu estava exausta daquele serviço no palácio. Sair um pouco me daria um descanso, pelo menos era isso que eu pensava.

Tamar: uma mulher de coragem

Nós saímos da casa de Potifar e o anjo me levou de volta para a terra de Canaã. Por esse tempo, Judá tinha ido morar afastado de seu pai, na terra de Adulão, com seu amigo Hira. Ele tinha três filhos: Er, o mais velho; Onã, o segundo, e Selá, o mais novo. Seu filho mais velho casou-se com uma jovem muito bela, chamada Tamar.

A exemplo de seu pai, Er não tinha um bom comportamento e acabou morrendo muito jovem, deixando a viúva sem filhos. Seguindo o costume da época, Judá casou Tamar com seu segundo filho, Onã. Pela tradição, o filho que nascesse desse matrimônio, seria considerado de Er e não de Onã, para assim assegurar uma descendência ao irmão que faleceu sem ter filhos. Porém, Onã não queria ter um filho que não seria considerado seu e, por isso, evitava engravidar Tamar.

Onã também morreu jovem e não deixou descendência, nem para seu irmão nem para ele mesmo. Judá enviou Tamar de volta para a casa do pai dela, com a promessa de lhe casar com seu filho mais novo assim que ele tivesse idade suficiente para isso.

Contudo, Judá temia que seu filho, ao se casar com sua nora, procedesse como seus irmãos e acabasse morrendo sem deixar descendente. Estando ela longe, ele a enganaria e não entregaria o rapaz.

O tempo passou, Judá ficou viúvo. Selá se tornou homem e ele não casou o garoto com Tamar. Tempos depois, ele foi para Timna com seu amigo Hira, onde os pastores estavam tosquiando as ovelhas. Tamar estava em casa quando uma de suas amigas apareceu.

— Olá, Tamar! O que você está fazendo?

— Estou cuidando no almoço.

— Humm! Você está sabendo que seu sogro está vindo para cá?

Ela respondeu:

— Não, não estou sabendo.

— Pois é, ele está a caminho. E por falar nele, como é que está a sua situação com ele?

— Eu continuo aguardando ele me casar com o filho mais novo.

— Sério? Então parece que ele esqueceu do que lhe prometeu, porque já era tempo de ele ter casado você com Selá.

Tamar respondeu:

— Ainda não está passado, ele deve estar vindo justamente para isso.

Sua amiga, pegando uma das facas, começou a lhe ajudar a cortar os alimentos enquanto lhe falava:

— Eu não acho que ele veio para isso não, porque ele está vindo para a tosquia das ovelhas. Bom, pelo menos, é o que estou sabendo. E por falar em estar sabendo, você soube que a mulher dele faleceu?

— Não – disse Tamar – quando isso aconteceu?

— Não sei, mas, pelo que me contaram, não faz muito tempo não.

A moça terminou a conversa e foi para casa. Tamar permaneceu pensativa por algum tempo, depois correu ao quarto, pegou um corte de tecido que ela tinha guardado e começou a fazer um vestido. Trabalhou nele todo aquele dia e parte da noite, até deixá-lo pronto.

No dia seguinte, antes que o sol aparecesse, ela tirou as roupas de viúva e vestiu o vestido que havia feito, uma roupa semelhante ao que as prostitutas costumavam vestir. Saiu de casa apressadamente e sentou-se à entrada de Enaim, que fica no caminho para Timna. Ficou lá aguardando seu sogro aparecer. Ao longe, ela viu Judá se aproximando. Quando ele a viu, pensou que fosse uma prostituta, porquanto o seu rosto estava coberto com um véu.

Ele se aproximou dela e disse:

— Venha comigo, quero deitar-me com você.

Ela então lhe perguntou:

— O que você me dará para deitar-se comigo?

— Eu lhe mandarei um cabrito.

— E que garantia eu terei de que você me mandará o pagamento? – ela perguntou intrigada – você me dará alguma coisa em troca?

— Que garantia devo dar-lhe? – quis saber Judá

Ela então respondeu:

— O seu selo com o cordão e o cajado que você tem na mão.

Judá concordou e lhe entregou o penhor que ela lhe pediu. Eles tiveram relações e ele se foi para o local da tosquia. Ali separou o cabrito e pediu a seu amigo Hira para entregar à prostituta e reaver os objetos que deu como garantia.

Tamar por sua vez tirou as roupas de prostituta e vestiu suas vestes de viúva novamente e voltou para a casa de seu pai. Quando Hira chegou ao local indicado por Judá, não a encontrou. Perguntou sobre ela aos homens do lugar e eles disseram que não havia ali nenhuma prostituta.

Hira retornou com o cabrito e contou a Judá:

— Eu não encontrei a tal prostituta e os homens do lugar disseram que não há nenhuma que fique lá.

Judá então respondeu:

— Bom, que fique ela com o que lhe dei. Só não quero que nos tornemos objeto de zombaria, afinal de contas, mandei a ela o pagamento, mas você não a encontrou.

Quando terminou a tosquia, Judá retornou para sua casa.

A gravidez de Tamar

Os dias se passaram, a barriga de Tamar começou a crescer. Logo, as pessoas começaram a notar que havia algo errado com ela. Ao se completarem três meses, as pessoas não tinham mais dúvidas da gravidez dela.

Então, alguns conhecidos de Judá foram à sua casa e lhe disseram:

— Você está sabendo que sua nora Tamar prostituiu-se? E na sua prostituição engravidou.

Judá encheu-se de ira e disse:

— Tragam-na para fora, para que seja queimada viva!

Os homens foram até a casa do pai de Tamar e quando a estavam trazendo para ser queimada ela disse:

— Antes de me levarem, levem um recado ao meu sogro: levem estes objetos e perguntem a ele se os reconhece e digam a ele que é do dono dessas coisas que eu estou grávida. Os homens levaram o selo, o cordão e o cajado e mostraram a Judá. Este ao ver os objetos disse:

— Eu reconheço, sim, esses objetos. São meus.

Os homens, então, perguntaram:

— E o que devemos fazer agora?

— Nada, ela é mais justa do que eu, pois eu devia tê-la entregue a meu filho Selá e não fiz.

Judá não voltou a ter relações com sua nora. Esta teve gêmeos. No dia do nascimento dos meninos, um colocou a mão primeiro e a parteira amarrou uma fita vermelha no pulso, mas quando ele recolheu a mão o seu irmão saiu e por isso lhe deram o nome de Perez, depois nasceu o outro e foi-lhe dado o nome de Zerá.

Da descendência de Perez nasceu o nosso Salvador Jesus Cristo.

Assim que os meninos nasceram, Anael me chamou e disse:

— Ângela, vamos! Temos que voltar para o Egito.

— É verdade! Já havia me esquecido de José – eu disse pensando em todo o trabalho que eu estava tendo para manter limpa e arrumada a casa de Potifar.

O anjo me levou de volta para o Egito.

A mulher de Potifar

Quando eu cheguei à casa de Potifar, já havia um tempo que José havia sido promovido a mordomo e a renda do patrão haviam aumentado consideravelmente depois que o jovem hebreu estava nesse posto.

Contudo, a mulher de Potifar começou a nutrir por José um desejo incontrolável. Ela era uma mulher belíssima, tinha uma pele morena, usava uma peruca de tranças em formato de trapézio-quadrado, escurecida com cera de abelha e estava toda enfeitada com pequenas flores e fios de ouro. No alto da peruca havia um pequeno cone, que continha um tipo de pomada perfumada, que deixava os cabelos, ombros e roupas com um cheiro agradável. Seus olhos eram negros como a noite, seu corpo tinha formas perfeitas e era dona de um caminhar muito elegante e sedutor.

Era ainda de manhã, quando José entrou em casa com seu senhor. Ele agora não era mais um escravo comum, era o mordomo de Potifar e todos os negócios dele estavam sobre a responsabilidade do jovem hebreu. Eles conversaram sobre negócios por algum tempo. Em seguida, Potifar saiu e ele permaneceu analisando as possibilidades para fazer multiplicar a renda de seu dono.

Eu estava limpando a sala, quando a senhora entrou e mandou que eu me retirasse. Saí da presença dela, mas fiquei escondida, observando a cena. Ela se aproximou de José e lhe disse:

— Como é mesmo o seu nome?

Ele despertou de seus pensamentos e disse respeitosamente:

— Eu sou seu servo, José, mordomo do meu senhor Potifar.

Ela deu alguns passos em sua direção.

— Eu ouvi falar de você pelas servas que me servem. Elas me disseram da sua beleza e, de fato, você é muito bonito! Imagino que você deve ter um monte de moças a seus pés.

— Não, minha senhora.

— De onde você é? – ela perguntou sem muito interesse na resposta.

— O seu servo é hebreu.

— Sei...

— Com a sua licença, minha senhora – disse José se levantando para sair, mas foi segurado pelo braço.

— Por que tanta pressa? Eu não mordo, só se você quiser.

— Eu tenho mesmo que ir. Meu patrão está me aguardando.

— Seu patrão é o meu marido – ela falou soltando-lhe o braço enquanto ele apressava-se para sair.

Dia após dia, a mulher de Potifar lhe cercava, tentando fazer com que ele se deitasse com ela. A cada tentativa ela se tornava mais ousada.

Outro dia, eu estava novamente na casa quando a vi se aproximar de José.

— Ainda aí, fazendo suas contas? Por que não deixa tudo isso e vem relaxar um pouco? Aposto que você é ainda mais bonito sem tantas roupas. Venha comigo aos meus aposentos e deite-se comigo.

José, envergonhado respondeu:

— Minha senhora, o meu senhor, tem-me por mordomo e não sabe do que há em sua casa, pois tudo o que tem me passou ele às minhas mãos. Ele não é maior do que eu nesta casa e nenhuma coisa me vedou, senão a senhora, porque é a mulher dele. Como, pois, cometeria eu tamanha maldade e pecaria contra Deus?

José nem esperou a resposta, saiu o mais rápido que pode e só não me flagrou porque me escondi rapidamente.

— Maldição – a senhora, disse a si mesma quando ele saiu – você ainda vai ser meu, custe o que custar.

Mais tarde, quando encerrou o expediente eu fui procurá-lo. Ele estava no jardim, orando. Esperei que ele concluísse e falei:

— Muito bem, José! Poucos homens resistem a uma mulher como aquela. Você tem um caráter singular.

— Zaira! – ele falou sorridente – vi você escondida, escutando.

— Viu é? – eu falei com uma naturalidade como se tivesse realizado uma boa ação – era para ser segredo – concluí sorrindo.

Rimos um pouco, olhando o céu estrelado.

— Então, me diz aí, você não teve vontade de ficar com ela nem um pouquinho? – eu perguntei curiosa.

Ele esboçou um leve sorriso que pude ver, apesar da pouca iluminação, e falou de forma descontraída.

— Sua forma de falar é estranha. Onde aprendeu falar assim?

— Da terra de onde venho isso é comum.

— Entendi – ele me falou – eu tive vontade sim, Zaira, mas aprendi com meu pai que o matrimônio é sagrado. Ele me ensinou a lei de Deus, que diz que não devemos...

— Cobiçar a mulher do próximo. — Terminei a frase primeiro que ele.

Ele arregalou os olhos e me perguntou:

— Como sabe disso?

— Meus pais me ensinaram. De onde eu venho muitas pessoas adoram esse mesmo Deus que você adora.

— Curioso – ele falou intrigado – achei que só a minha família acreditasse assim.

Com os pensamentos distantes e sem perceber o que estava dizendo, eu disse:

— Se eu lhe contar tudo o que sei, você nem vai acreditar.

— Conte-me, então.

— Outro dia, hoje não. Vou descansar, estou exausta, fique com Deus.

— Fique com Deus você também! Seja lá o que signifique essa expressão – ele disse ainda sorridente.

A mulher de Potifar passou a incomodá-lo todos os dias, de modo que José não tinha mais paz. Ele evitava o máximo que podia entrar na casa, e quando o fazia, esperava os momentos em que os criados estavam todos dentro dela.

Certo dia, a mulher de Potifar convocou uma reunião com todos os servos, só José não foi chamado. Quando todos nós estávamos lá ela disse:

— Tenho observado o trabalho de vocês nestes últimos meses e tenho visto que vocês têm se dedicado muito e têm feito um ótimo trabalho, por isso decidi dar a vocês um dia de folga. Hoje quero que vocês façam todos os preparativos necessários e amanhã não precisarão trabalhar, tirem o dia de amanhã para descansar, não quero ver ninguém aqui dentro.

Todos ficaram felizes. Eu também fiquei, apesar de que tinha de trabalhar dobrado para folgar no dia seguinte, porém eu conhecia a história e sabia quais eram as reais intenções dela. Fiz o meu trabalho o mais rápido que pude e fui procurar José. Eu o procurei por todos os cantos sem encontra-lo. Estive no quarto dele mais de quinhentas vezes e não o encontrei. E ainda dei de cara com Anael que me perguntou:

— Que pensa que está fazendo, Ângela? Você está aqui para ver os acontecimentos, ver a trajetória do povo de Deus no decorrer da história. Não está aqui para alterá-los, até porque não conseguirá mudar nada, isso já aconteceu.

— Verdade – eu disse entristecida – é que às vezes esqueço que não faço parte deste tempo.

— Eu sei disso, por isso vim lhe lembrar.

Eu perguntei:

— Mas onde José está?

— Sozinho com Deus em oração, num lugar onde ele tem tranquilidade e obterá forças para resistir à tentação mais dura de sua vida.

— Por que Deus está tentando ele assim?

— Deus? – perguntou Anael sem querer a resposta – não é Deus quem o está tentado, mas, Satanás. É ele que está se esforçando para que ele cometa esse pecado para enfraquecê-lo espiritualmente e fazer com que os sonhos de Deus não se realizem ou demorem a se realizar na vida dele.

— Humm! Entendi!

Depois disso, eu fui para o meu quarto e Anael retornou para o seu Lar.

No dia seguinte, escondi-me dentro da casa e fiquei esperando para ver o que ia acontecer. Vi a mulher de Potifar chamar um criado e dizer:

— Diga a José que alguns negociantes desejam vê-lo, mas não diga que fui eu quem mandou o recado. Vá depressa e não volte aqui.

Enquanto o escravo ia levar o recado, ela correu ao seu aposento para se preparar. Eu permaneci escondida na sala onde os negócios eram resolvidos. Assim que ele entrou na sala, ficou surpreso ao encontrar a sala vazia. Eu ia avisá-lo, mas a mulher de Potifar entrou em seguida, fechando a porta atrás de si.

Ela se colocou entre ele e a porta e deixou cair seu manto de seda, mostrando seu vestido transparente, deixando ver seu corpo despido. Ela agarrou-se à capa dele e disse:

— Deita-te comigo, já não suporto mais essa situação.

Ele tentou se soltar dela, mas ela o segurava com firmeza. Quando ele percebeu que não conseguiria livrar-se dela, tirou a capa e deixou em suas mãos, saindo apressadamente.

Vendo a mulher de Potifar que fora rejeitada mais uma vez, cobriu-se com seu manto e gritou o mais alto que pôde. Em pouco tempo, a sala estava cheia de servos. Aproveitei e me misturei a eles para não ser pega escondida, bisbilhotando. Ela, fingindo estar transtornada, falou:

— Vejam! Este hebreu nos foi trazido para nos insultar! Ele entrou aqui e tentou abusar de mim, mas eu gritei. E quando me ouviu gritar por socorro, largou seu manto ao meu lado e fugiu da casa.

Os empregados nada falaram. Ela, contudo, conservou a capa consigo até Potifar chegar. Assim que ele entrou, ela disse:

— Viu só o que você fez? Trouxe esse escravo hebreu para me insultar! Quando, porém, levantei a voz e gritei, ele, deixando as vestes ao meu lado, fugiu para fora.

Ao ouvir essas palavras, Potifar ficou irado, mandou seus soldados capturar José e levá-lo para a prisão.

José no cárcere

Os soldados encontraram José em seu quarto, estava orando como de costume. Amarraram-no e o levaram para a prisão. Anael me chamou e eu o acompanhei pelas ruas em direção ao cárcere. No caminho, eu lhe perguntei:

— "Taí", por que Potifar não mandou matar José pelo insulto que ele pensa que José fez à sua mulher?

Anael me respondeu:

— É porque ele sabe a mulher que tem, sabe que José é um homem temente a Deus e não cometeria tal crime.

— E por que mandou prendê-lo então, se conhece o caráter da mulher que possui?

— Se ele deixasse José impune, a fama dele não ficaria muito boa. Então, para abafar o caso, mandou prendê-lo.

— E nós, para onde estamos indo? – eu perguntei curiosa.

— Para o cárcere.

— Como vamos entrar lá?

— Eles não vão poder nos ver.

— Ahh! O truque da invisibilidade. Legal.

Quando chegamos ao cárcere, passamos pelos soldados facilmente, depois que entramos não vi mais o anjo. Segui pelos corredores até que achei o local onde José estava preso. Era uma cela rústica, sem nenhum conforto ou higiene. Ele estava orando. Vi que estava triste e chorando. Fiquei ali observando. Quando ele terminou a oração, sentou-se no chão úmido e olhou para as grades que o mantinham aprisionado. Seu rosto ficou surpreso, então exclamou:

— Zaira!?

Eu, mais surpresa do que ele, perguntei:

— Você pode me ver?

— Claro que sim! Você está parada bem na minha frente, por que não a veria?

— É que... deixa para lá – eu respondi dando de ombros – não vou perguntar como está, porque sei que não deve ser nada bom está neste lugar, ainda mais por algo que não cometeu.

— Você acredita em mim? – ele perguntou supresso.

— Claro que sim.

Sua face pareceu se iluminar ao saber que alguém acreditava nele, então me perguntou:

— Como conseguiu entrar aqui?

— Essa é uma longa história, você não acreditará se eu lhe contar.

— Então conte. Agora tenho todo tempo do mundo e alguma coisa me diz que você também.

— Tá bom, mas depois não diga que não avisei e terá que me prometer que não vai rir, nem pensar que estou louca.

Ele me olhou meio que de lado, sem compreender.

— Certo, eu prometo!

— Eu vim do futuro, na verdade, meu nome não é Zaira, eu me chamo Ângela, e vim do século XXI, estou acompanhando a trajetória do povo de Deus ao longo dos séculos. É isso, pronto falei.

Ele me olhava em silêncio, tentando processar o que havia ouvido, balançando a cabeça para cima e para baixo ele repetiu:

— Uma mulher do futuro?

— Isso mesmo – eu confirmei repetindo o seu movimento com a cabeça.

— Sei... e eu sou o faraó – ele falou muito sério.

Eu não o repreendi por sua brincadeira, apenas falei:

— Bem... faraó, faraó mesmo, você não será não, mas será uma espécie de governador do Egito.

José sorriu descontraidamente apesar de estar preso.

— Uma coisa eu tenho que admitir, Zaira, você tem muita imaginação. E eu que era o sonhador! Tomara que você nunca conheça meus irmãos.

— Na verdade eu os conheci sim, todos eles, até vivi com vocês. É de lá que você me conhece, mas por algum motivo, essa lembrança foi apagada de sua memória, talvez pelo fato de que eu não faça parte do seu mundo. Mas, no que diz respeito a seus irmãos, eu vi como eles ficaram quando você contou seus sonhos para eles.

— Como assim, como sabe de meus sonhos?

Eu respondi animada:

— Já disse a você, eu vim do futuro e estou acompanhando a trajetória do povo de Deus!

— Está bem, mulher do futuro, mas, por hoje já deu o que tinha que dar. Posso descansar agora?

— Eu disse que você não acreditaria. Fique com Deus, não permita que sua fé desfaleça. Mantenha-se firme como sempre esteve até agora. Deus não lhe desamparou, nem irá lhe desamparar.

— Agradeço pelo conselho.

Saí da prisão e fiquei pelas ruas observando as pessoas. Entre os que passavam, vi novamente Anael. Ele veio ao meu encontro, ficamos ali conversando um pouco, então ele me disse:

— Precisa voltar ao cárcere, Ângela.

— Mas eu acabei de sair de lá.

— Eu sei, mas volte para lá novamente.

Eu me levantei e fui para lá de novo. Encontrei José fora da cela, estava de costas para mim.

— Olá, José! Desculpa retornar assim, eu sei que você está cansado e quer descansar, foi um dia complicado, mas ...

Eu ainda falava quando ele virou-se para mim, estava bem mais velho, então perguntei:

— Ué! Por que não está na cela?

José, surpreso, disse:

— Zaira, que bom vê-la de novo! O que foi que aconteceu com seus poderes, mulher do futuro? Por onde andou que não apareceu mais aqui? Senti sua falta. Eu agora estou como chefe do cárcere.

— Que bom, José! Então, quais são as novas por aqui?

— Recebi, alguns dias atrás – ele me disse bem animado - dois novos presos: o copeiro e o padeiro do Faraó.

— Gente importante, heim? Eles já sonharam?

— É o que? – ele me perguntou sem entender.

— Os sonhos! Os dois já sonharam? Eles sonharão e vão contar a você os sonhos.

José, meio desacreditado me perguntou:

— Você sabe disso do futuro?

— Isso mesmo.

— Então, me conte você os sonhos.

Eu já ia contar quando avistei o anjo que me olhou com uma expressão de desaprovação, então falei:

— Deixa para lá. Estou adiantando os fatos. Você pode me mostrá-los a mim?

— Posso, mas terá que ficar escondida, não quero que eles vejam você.

— Ok. Quer dizer, tudo bem.

Fomos até a cela onde os dois presos mais ilustres do cárcere estavam. Ao chegarmos lá, José percebeu que eles estavam perturbados, então perguntou:

— Por que vocês, hoje, estão de semblantes tristes?

Um deles respondeu:

— Porque tivemos um sonho e não há quem o possa interpretar.

— Porventura não pertencem a Deus as interpretações? Contem-me o sonho – solicitou José.

Ao ouvir essas palavras, o copeiro-chefe começou a contar o sonho:

— Eu sonhei que havia em minha frente uma videira e nela havia três ramos e seus cachos produziam uvas maduras, eu pegava essas uvas e as espremia direto no copo de Faraó e lhe entregava.

Ao terminar de ouvir o relato José falou:

— Esta é a interpretação: os três ramos são três dias; dentro ainda de três dias, Faraó reabilitará você, reintegrando-o no seu cargo e você dará o copo na própria mão dele, segundo o costume antigo, quando era copeiro. Porém, quando tudo correr bem com você, rogo que seja bondoso para comigo e faça menção de mim a Faraó e me faça sair desta casa. De fato, fui roubado da terra dos hebreus e aqui nada fiz para que me pusessem nesta masmorra.

Vendo o padeiro-chefe que a interpretação era boa, disse a José:

— Eu também sonhei. Eu estava com três cestos de pão alvo em minha cabeça. No cesto de cima havia todos os manjares de Faraó, arte de padeiro, e as aves os comiam em cima de minha cabeça.

José respondeu com uma expressão um tanto transtornada:

— A interpretação é esta: os três cestos são três dias; dentro de três dias, Faraó decepará sua cabeça e pendurará esta num madeiro e as aves lhe comerão as carnes.

O copeiro-chefe ficou satisfeito, mas o padeiro se angustiou. Três dias depois, Faraó deu um banquete em comemoração ao seu aniversário e mandou enforcar o padeiro, como José havia dito, e reabilitou o copeiro-chefe à sua antiga função.

Da masmorra, ao ver José o copeiro sair, ficou cheio de esperança quanto a seu futuro. Então eu disse:

— Melhor não alimentar esperanças não...

Ele virou-se e disse:

— Zaira, ou devo chamá-la de Ângela!? Por que não devo ter esperanças?

Eu olhei para ele um tanto entristecida.

— Ele não vai falar nada a seu respeito, vai dar uma de esquecido. De onde eu venho, tá cheio de gente assim, gente ingrata, que só lembra da gente quando está precisando de alguma coisa.

— E como você sabe disso? Ah! Lembrei. Você veio do futuro, já estava quase esquecido. Mas me diga, mulher do futuro, como sabe tudo isso se não é desta época e nem deste lugar?

Eu respondi:

— Um descendente da sua família, chamado Moisés, receberá uma ordem de Deus para escrever livros e, num desses livros, ele contará a sua história e outras mais. Esses escritos fazem parte de um livro maior, chamado Bíblia Sagrada _ foi nele que eu li sua história.

— Se você veio de tão longe, isso quer dizer que o Salvador ainda não veio nos seus dias.

— É complicado – eu disse – na verdade, Ele já veio sim e aconteceu o que sobre Ele estava predestinado a acontecer, mas os descendentes de Israel o rejeitaram.

Surpreso, José argumentou com um sorriso amarelo no rosto:

— Impossível isso acontecer... nós somos os guardiões das verdades de Deus, não há como a gente rejeitá-lo.

— Na verdade, a maioria do seu povo não o reconheceu quando Ele veio.

— Não pode ser verdade, Ângela! Somos o povo de Deus!

— Não são mais, não na minha época.

— Não? Então quem são os guardiões? Os egípcios? Ou pior, as verdades divinas se perderam ao longo do tempo?

— Também não. Como a nação de Israel rejeitou o Salvador, o título de povo de Deus passou para um grupo seleto que se originou de seu povo, aqueles que O reconheceram. Esses se espalharam pelo mundo inteiro, ensinando a guardar suas leis, mas. Vamos deixar isso para lá, são tempos muito distantes. Quem sabe um dia eu lhe conto.

— Está bem então – ele respondeu automaticamente.

Dois anos se passaram e a situação de José em nada tinha mudado. Continuava sendo servo do comandante da guarda, servindo a ele na masmorra.

Mas, depois de dois anos, num determinado dia, o faraó da época, que era de nacionalidade estrangeira, acordou angustiado. Teve um sonho estranho durante a noite. Mandou chamar todos os magos e sábios do Egito e contou para eles o que havia sonhado, mas nenhum deles soube dar a interpretação do mesmo.

A maior preocupação do grande líder é que o sonho fosse um presságio sobre conspiração no reino. Ele era o chefe numa terra estrangeira. Ele ficava pensando que se os egípcios se revoltassem, se fossem eles as espigas mirradas e ele próprio a espiga boa, sua situação não seria das melhores. Então ele precisava descobrir o que os deuses estavam tentando lhe dizer e, se seus pressentimentos fossem verdadeiros, ele teria que combater a rebelião antes mesmo que ela eclodisse.

O copeiro-chefe estava lhe servindo e ouviu tudo e viu que os magos e sábios não souberam lhe responder, então disse:

— Meu senhor, lembro-me hoje de minhas ofensas com as quais o senhor se indignou contra mim e contra o padeiro-chefe pondo-nos na prisão. Lá nós tivemos, na mesma noite, um sonho. Achava-se conosco um jovem hebreu, servo do comandante da guarda. Nós contamos para ele o sonho que tivemos e ele interpretou e, como ele interpretou, aconteceu.

Então, faraó chamou um de seus oficiais e disse:

— Vá à prisão imediatamente e me traga aqui o homem hebreu que interpreta sonhos.

José estava na masmorra, em suas atividades diárias, quando os oficiais chegaram e disseram:

— Nós viemos em nome do faraó para buscar um homem hebreu que está preso neste lugar.

— Vou chamá-lo – disse o carcereiro.

Ele foi até José e disse:

— O que você andou fazendo, José? Faraó quer ver você.

— Eu não fiz nada, nem imagino por que estou sendo chamado.

— Será que é por causa da mulher de Potifar? Daquela história que você me contou?

— Espero que não.

— Enfim, eles estão esperando por você. Tome um banho, tire todos esses pelos da cara e vista esta roupa.

— Certo.

Ele foi tomar banho. Quando terminou de se aprontar, acompanhou os soldados até o palácio. Quando eu o vi, quase não o reconheci. Todos aqueles anos na masmorra, com poucos cuidados de higiene... Ele estava bem diferente agora, tomado banho e barbeado. Estava ainda mais belo do que quando era mais jovem.

No palácio de faraó

Eu segui José sem que fosse notada pelos soldados, apenas ele me viu acompanhá-lo em secreto. Discretamente ele olhou para mim e piscou o olho esquerdo. Eu pensei: Eta homem bonito, meu Deus! Assim que eu entrei, ouvi Faraó dizendo:

— Tive um sonho, e não há quem o interprete. Ouvi dizer, porém, a seu respeito, que quando ouve um sonho, pode interpretá-lo.

José respondeu:

— Não está isso em mim; mas Deus dará resposta favorável a Faraó.

Então Faraó lhe contou o sonho:

— No meu sonho, estava eu de pé na margem do Nilo, e eis que subiam dele sete vacas gordas e formosas à vista e pastavam no carriçal. Após estas, subiam outras vacas, fracas, mui feias à vista e magras; nunca vi outras assim disformes em toda a terra do Egito. E as vacas magras e ruins comiam as primeiras sete gordas; e, depois de as terem engolido, não davam aparência de as terem devorado, pois o seu aspecto continuava ruim como no princípio. Então acordei. Depois, voltei a dormir e sonhei novamente. Vi em meu sonho, que sete espigas saíam da mesma haste, cheias e boas; após elas, nasceram sete espigas secas, mirradas e crestadas do vento oriental. As sete espigas mirradas devoravam as sete espigas boas. Contei-o aos magos, mas ninguém houve que interpretasse.

Então, José lhe respondeu:

— O sonho de Faraó é apenas um; Deus manifestou a Faraó o que há de fazer. As sete vacas e as sete espigas boas serão sete anos; o sonho é um só. As sete vacas magras e feias, que subiam após as primeiras e as sete espigas mirradas e crestadas do vento oriental, serão sete anos de fome. Esta é a palavra, como acabo de dizer a Faraó, que Deus manifestou a Faraó o que Ele há de fazer. Eis aí vêm sete anos de grande abundância por toda a terra do Egito. Seguir-se-ão sete anos de fome. E toda aquela abundância será esquecida na terra do Egito, e a fome consumirá a terra; e não será lembrada a abundância na terra, em vista da fome que seguirá, porque será gravíssima. O sonho de Faraó foi dúplice, porque a coisa é estabelecida por Deus, e Deus se apressa a fazê-la. Agora, pois, escolha Faraó um homem ajuizado e sábio e o ponha sobre a terra do Egito. Faça isso, Faraó, e ponha administradores sobre a terra e tome a quinta parte dos frutos da terra do Egito nos sete anos de fartura. Ajuntem os administradores toda a colheita dos bons anos que virão, recolha cereal debaixo do poder de Faraó para mantimento nas cidades e o guardem. Assim, o mantimento será para abastecer a terra nos sete anos da fome que haverá no Egito para que a terra não pereça de fome.

    No meu canto, escondida, pensei: menino bobinho ele! Olha o conselho que ele deu a faraó depois de fazer o que ninguém conseguiu fazer! Garoto esperto!

    Ouvindo isso, Faraó disse aos seus oficiais:

— Acharíamos, porventura, homem como este, em quem há o Espírito de Deus?

    E olhando para José disse:

— Visto que Deus lhe fez saber tudo isto, ninguém há tão ajuizado e sábio como você. Administrarás a minha casa e à sua palavra obedecerá o meu povo; somente no trono eu serei maior do que você. Vê que lhe faço autoridade sobre toda a terra do Egito.

    Faraó deu a José o seu anel, vestiu nele roupas de linho fino e lhe pôs no pescoço um colar de ouro. Então levou José para fora e o colocou no segundo carro real e seus oficiais clamavam ao povo:" inclinem-se!"

Os povos inclinaram-se perante José em sinal de obediência. Faraó o casou com Asenate, filha de Potífera, sacerdote de Om e lhe deu o nome de Zafenate-Panéia.

José entrou no palácio de faraó como um escravo qualquer, um criminoso. E saiu de lá como o homem mais honrado do Egito. Estava nele o poder de se vingar de seus opressores, mas não fez isso, não perdeu tempo com coisas insignificantes.

Uma casa foi dada a ele e eu o encontrei em seu jardim orando, como sempre fez desde que era menino. Ao terminar a oração e abrir seus olhos, deu de cara comigo.

— Você sabe mesmo como entrar nos lugares – ele me disse sorridente – e continua com a mesma fisionomia de quando lhe conheci no deserto. Parece que o tempo parou para você.

Eu sorri para ele e disse:

— Desculpa por entrar assim, força do hábito.

— Tudo bem, não me incomodo com isso.

— Você está bem melhor agora. Será que ainda vamos poder conversar?

— Claro, Zaira, somos amigos. Além do mais, quero ouvir suas histórias do futuro. Depois de tantos anos com você e você permanecendo como nos dias que nos vimos pela primeira vez e as coisas que me contou, só posso acreditar que você não é desse tempo mesmo.

— Que bom que acredita em mim agora, porque sou sua escrava.

José respondeu surpreso:

— Não tenho escravos.

— Então sou sua serva, estou aqui para lhe servir.

— Como assim? Não estou entendendo.

— O anjo que me acompanha nessa jornada me disse que serei sua serva para poder observar melhor as coisas.

Ele retrucou:

— Que pena que não poderá ficar ao meu lado.

— E por que não? – Perguntei.

— Porque você é uma mulher, e as mulheres não podem acompanhar os homens em seus negócios.

Eu respondi:

— Ninguém precisa saber que sou uma mulher.

— Não entendi – ele disse.

— Eu posso me vestir de homem. Se você não contar meu segredo, ninguém saberá. Já fiz isso antes, no Dilúvio.

Ele me olhou surpreso.

— Você viu o dilúvio?

— Vi, e vi muitas outras coisas também e lhe contarei tudo que sei, sempre que puder me ouvir, é claro.

— Do que precisa para se disfarçar?

— Para começar, roupas masculinas.

José separou para mim algumas roupas, mas que eu as vestisse, houve um contratempo. Depois que me propus foi que me lembrei que teria que cortar meus cabelos para concluir o disfarce. Tudo que passei até aqui durante minha jornada, todos os riscos que corri: de morte, de estupro; nada se comparou a ver meus lindos cachos cobrindo o chão. Mas decidi continuar com o plano.

Quando terminei de me aprontar, fui até José. Ele me olhou de cima a baixo e disse:

— Você era bem melhor como mulher.

Ergui minhas sobrancelhas em desagrado e disse:

— Também acho, mas o que tá feito está feito.

— Você precisa de um nome novo. Vamos ver.... Amenhotep, ele disse.

— Amenhotep? Esquisito, mas tudo bem. Só preciso me lembrar – falei com um olhar muito sério.

Rimos à vontade e tiramos aquele dia para conversar sobre minha viagem e sobre as coisas do meu tempo. Ele parecia curioso e às vezes desacreditado, outras vezes triste. Nesta época, José estava com 30 anos.

A grande fome

Depois dessas coisas, iniciou-se no Egito o período de sete anos de fartura. As plantações nas margens do rio Nilo nunca deram tanto. José mandou construir celeiros por todo o território e juntou neles mantimento em tão grande quantidade que acabou perdendo as contas.

Quando findaram os sete anos de fartura, veio então a escassez. Começou com a falta de chuva. Sem as cheias do Nilo, as plantações não brotaram, o povo comum começou a passar necessidade e foram a Faraó em busca de alimento, mas Faraó mandou que procurassem a José e fizessem o que ele ordenasse.

O povo começou a ir até ele e este lhes vendia os mantimentos.

Dois anos que iniciou a grande fome, eu estava a observar o povo quando vi entre eles os dez irmãos de José. Tinham vindo comprar mantimentos, porque havia fome na terra de Canaã.

Eles se dirigiram a José e prostraram rosto em terra. Ele os reconheceu, mas seus irmãos não o reconheceram, porque ele estava diferente, se vestia e falava como um egípcio, José olhou para mim e disse:

— Amenhotep, ver aqueles homens?

Eu respondi:

— Sim, são seus irmãos.

— Como sabe? Ah! Você é do futuro.

— Ainda não acredita?

— Acredito sim. Olhando para eles assim, prostrados, diga do que eu me lembrei?

— Essa é fácil. Eu me lembro do que li na Bíblia, você se lembrou dos seus sonhos.

— Isso mesmo.

O olhar de José parecia distante e lhe falou asperamente.

— Vocês vieram de onde?

— Da terra de Canaã, para comprar comida.

— Vocês são espiões! – disse José – vieram para ver onde a nossa terra está desprotegida.

— Não, meu senhor. Teus servos vieram comprar comida. Todos nós somos filhos do mesmo pai. Teus servos são homens honestos, não somos espiões.

— Vocês são irmãos?

— Sim, meu senhor.

— E o pai de vocês ainda vive?

— Sim.

— Vocês têm mais irmãos ou são apenas vocês?

— Teus servos eram doze irmãos, todos filhos do mesmo pai, na terra de Canaã. O caçula está agora em casa com o pai, e o outro já morreu.

José ficou indignado quando os ouviu dizer que ele estava morto, então falou:

— É como lhes falei, vocês são espiões e serão postos à prova. Juro pela vida do faraó que vocês não sairão daqui, enquanto o seu irmão caçula não vier para cá. Mandem algum de vocês buscar o seu irmão enquanto os demais aguardam presos. Assim ficará provado se as suas palavras são verdadeiras ou não. Se não forem, juro pela vida do faraó que ficará confirmado que vocês são espiões!

José determinou que apenas um deveria regressar para levar mantimentos para o pai, mas após três dias decidiu mandar nove e manter apenas um na prisão – Simeão foi o escolhido – os outros deveriam voltar com os mantimentos e trazerem Benjamim para provar que o que eles estavam dizendo era verdade. Eles se entreolharam e disseram uns aos outros em hebraico, pensando que o governador não compreendia o que estavam conversando:

— Na verdade, somos culpados, no tocante a nosso irmão, pois lhe vimos a angústia da alma, quando nos rogava, e não lhe acudimos; por isso, nos vem esta ansiedade.

Ruben respondeu:

— Não vos disse eu: Não pequeis contra o jovem. E não me quisestes ouvir. Pois vedes aí que se requer de nós o seu sangue.

José, porém compreendeu tudo e se retirou da presença deles para chorar. Os irmãos voltaram para casa com os mantimentos e escondido nos sacos de cada um estava o dinheiro que levaram para comprá-los. Ficaram aterrorizados quando viram isso e, ao chegarem, contaram a seu pai o ocorrido. Mas este não permitiu que eles retornassem para o Egito levando Benjamim. Mas, quando os mantimentos da casa de Israel se acabaram, este disse:

— Tornem a ir ao Egito para comprar mais mantimentos para nós.

— O homem nos advertiu severamente – disse Judá – ele nos disse que não voltássemos à presença dele, a não ser que levássemos o nosso irmão mais novo. Se o senhor nos enviar com Benjamim, desceremos e compraremos comida para o senhor, mas, se não o enviares conosco, não iremos, porque esta foi a ordem do homem.

Os olhos do ancião se encheram de lágrimas.

— Por que me causaram esse mal, contando àquele homem que tinham outro irmão?

— Ele nos perguntou – disseram os irmãos – nós simplesmente respondemos ao que ele nos perguntou. Como poderíamos saber que ele exigiria que levássemos o nosso irmão?

Judá se aproximou do pai e disse:

— Deixe o jovem ir comigo e partiremos, a fim de que o senhor, nós e nossas crianças sobrevivamos e não venhamos a morrer. Eu me comprometo pessoalmente pela segurança dele; podes me considerar responsável por ele. Se eu não o trouxer de volta e não o colocar bem aqui na sua presença, serei culpado diante do senhor pelo resto da minha vida. Como se vê, se não tivéssemos demorado tanto, já teríamos ido e voltado duas vezes.

— Se tem que ser assim – disse Jacó - que seja! Coloquem alguns presentes na bagagem e levem para o tal homem. Levem também prata em dobro e devolvam a prata que foi colocada de volta na boca da bagagem de vocês. Talvez tenha acontecido isso por engano. Peguem também o seu irmão e voltem àquele homem. Que o Deus todo-poderoso lhes conceda misericórdia diante daquele homem, para que ele permita que o seu outro irmão e Benjamim voltem com vocês. Quanto a mim, se ficar sem filhos, sem filhos ficarei.

Os irmãos partiram imediatamente e, ao chegarem ao Egito, vendo José que eles haviam trazido Benjamim, disse ao despenseiro de sua casa para levá-los para lá e preparar um almoço especial para eles.

Os homens ficaram com medo e acharam que isso era por causa do dinheiro que tinha sido colocado de volta nos sacos, mas foram tranquilizados e Simeão foi devolvido aos irmãos. O almoço foi servido assim que José chegou. Ele mesmo não comeu com os irmãos, pois aos egípcios não era lícito comer junto com os hebreus e os irmãos ainda não sabiam que o grã-vizir do Egito era seu irmão José.

Após o almoço, José deu ordem para que enchessem de mantimentos os sacos de seus irmãos e pediu que colocasse seu cálice de ouro no saco de Benjamim.

Eles já iam a uma certa distância, quando José mandou seu mordomo ir atrás dos viajantes, alegando que eles tinham roubado o cálice de seu senhor.

Os homens negaram o furto e disseram que aquele com quem fosse encontrado o cálice seria condenado à morte e os outros lhes seriam escravos, mas o mordomo disse que apenas aquele com quem fosse encontrado o objeto deviria ser escravo.

Ao verificar os pertences, encontraram-no no saco de mantimento de Benjamim.

Todos retornaram ao Egito, chegando lá José disse:

— Que é isso que vocês fizeram? Vocês não sabem que homem como eu é capaz de adivinhar?

Judá respondeu:

— Que responderemos a meu senhor? Que falaremos? E como nos justificaremos? Achou Deus a iniquidade de seus servos; eis que somos escravos de meu senhor, tanto nós como aquele em cuja mão se achou o copo.

— Longe de mim que eu tal coisa faça! O homem em cuja mão foi achado o copo, esse será meu servo; os outros, no entanto, podem voltar em paz para vosso pai.

Mas Judá replicou:

— Ah! Senhor meu, rogo-te. Permite que teu servo diga uma palavra aos ouvidos do meu senhor, e não se acenda a tua ira contra o teu servo; porque tu és como o próprio Faraó. Meu senhor, perguntou a seus servos: tendes pai ou irmão? E respondemos afirmativamente a meu senhor. Este moço não pode deixar o pai; se deixar o pai, este morrerá. Então, disseste a teus servos: se vosso irmão mais novo não descer convosco, nunca mais me vereis o rosto. Tendo nós subido a teu servo, meu pai, e a ele repetido às palavras de meu senhor, disse nosso pai: voltai, comprai-nos um pouco de mantimento. Nós respondemos: não podemos descer; mas, se nosso irmão mais moço for conosco, desceremos; pois não podemos ver a face do homem, se este nosso irmão mais moço não estiver conosco.

Ele deu uma pausa e continuou:

— Então, nos disse o teu servo, nosso pai: sabeis que minha mulher me deu dois filhos; um se ausentou de mim, e eu disse: certamente foi despedaçado, e até agora não mais o vi: se agora também tirardes este da minha presença, e lhe acontecer algum desastre, fareis descer as minhas cãs com pesar à sepultura.

Agora, pois, indo eu a teu servo, meu pai, e não indo o moço conosco, visto a sua alma estar ligada com a alma dele, vendo ele que o moço não está conosco, morrerá; e teus servos farão descer as cãs de teu servo, nosso pai, com tristeza à sepultura. Porque teu servo se deu por fiador por este moço para com o meu pai, dizendo: se eu o não tornar a trazer-te, serei culpado para com o meu pai todos os dias. Agora, pois, fique teu servo em lugar do moço por servo de meu senhor, e o moço que suba com seus irmãos. Porque como subirei eu a meu pai, se o moço não for comigo? Para que não veja eu o mal que a meu pai sobrevirá.

Essas palavras comoveram José. Ele mandou que todos os seus servos fossem embora e se deu a conhecer a seus irmãos. Aos prantos, ele disse com muita dificuldade:

— Eu sou José; vive ainda meu pai?

Os irmãos de José se entreolharam, não estavam acreditando no que ouviam, Então José disse:

— Cheguem mais perto de mim. Eu sou José, o irmão de vocês, a quem vocês venderam para o Egito. Agora, pois, não fiquem entristecidos, nem vos irriteis contra vocês mesmos por me haveres vendido; porque, para conservação da vida, Deus me enviou adiante de vocês. Porque já houve dois anos de fome na terra, e ainda restam cinco anos em que não haverá lavoura nem colheita. Deus me enviou adiante de vocês, para conservar sua sucessão na terra e para vos preservar a vida por um grande livramento. Assim, não foram vocês que me enviaram para cá, e sim Deus, que me pôs por pai de Faraó, e senhor de toda a sua casa e como governador em toda a terra do Egito. Apressai-vos, subi a meu pai e dizei-lhe: assim manda dizer seu filho José: Deus me pôs por senhor em toda terra do Egito; desce a mim, não se demore. Habitarás na terra de Gósen e estarás perto de mim, o senhor, seus filhos, os filhos de seus filhos, os seus rebanhos, o seu gado e tudo quanto tens. Aí lhe sustentarei, porque ainda haverá cinco anos de fome, para que não empobreças, o senhor e sua casa e tudo o que tens.

O reencontro

Os irmãos de José voltaram para a terra de Canaã e eu disse a José:

— Essa eu não quero perder por nada. Posso ir com eles.

— Eles não permitirão.

Eu, porém, respondi:

— Eles não irão me ver.

— Por que quer tanto ir com eles?

— Porque eles mentiram para seu pai sobre você, como eu já lhe contei. Sustentaram essa mentira durante muitos anos, mesmo vendo o sofrimento de seu pai. Agora terão que desfazer toda essa maldade. Quero ver como será isso.

José então me disse:

— Vá e me conte tudo quando voltar. Quer que eu mande um carro lhe levar?

— Seria muito bom, mas não, porque vou escondida.

Mas, José falou:

— Embora você esteja disfarçada, ainda é uma mulher e a jornada é perigosa para fazer sozinha.

— Quem disse que irei sozinha?

— Ah é! Você tem um anjo que lhe acompanha.

— Pois é.

Anael e eu seguimos pelo deserto com os irmãos. Eles pareciam envergonhados, apreensivos. Ao chegarem lá, Jacó ficou abismado, nunca tinha visto tantos carros. As crianças corriam felizes, Ruben se aproximou do pai e falou:

— Meu pai, precisamos lhe contar algo.

— Fale meu filho, o homem do Egito foi áspero com vocês novamente?

— Não é isso, meu pai.

— E o que é então?

— Durante muito tempo nós mentimos para o senhor. José nunca foi atacado por nenhuma fera ou homens do deserto, na verdade, nós o vendemos porque não suportávamos a ideia de ser ele seu filho favorito, todos esses anos sem notícias, acabamos acreditando que ele já estava morto, mas, ele está vivo e é o homem mais importante do Egito depois do faraó, ele é o homem que nos falava asperamente. Agora ele quer que o senhor desça para lá, até que a fome sobre a terra cesse.

Ao ouvir essas palavras, os olhos de Jacó encheram-se de lágrimas. Quantos anos de sofrimento, se culpando por uma morte que nunca existiu. O brilho voltou ao seu rosto e disse:

— Basta! Se meu filho vive, irei vê-lo antes que eu morra.

Os irmãos se inclinaram em terra e disseram:

— Papai, o senhor nos perdoa por todo mal que lhe fizemos?

— Perdoo sim, meus filhos, como eu não perdoaria? Mas, agora vamos sem demora, porque quero ver meu filho José.

Naquele mesmo dia as famílias se preparam e antes que o sol nascesse seguiram viagem rumo ao Egito.

A caravana seguiu para o Egito. Como Israel não conhecia o caminho para a terra de Gósen, enviou Judá à sua frente para encontrar-se com José, para que este ensinasse o caminho.

Quando a comitiva chegou, José foi ao encontro do pai. Eles se abraçaram por longo tempo, chorando, não ouvi uma única palavra durante muito tempo, apenas soluços incontroláveis.

— Agora já posso morrer – disse Jacó com os olhos lacrimejados – pois vi seu rosto e sei que você ainda está vivo.

Disse José:

— Agora vou voltar e informar ao faraó que os meus irmãos e toda a família de meu pai que viviam em Canaã, vieram para cá...

José foi e informou ao faraó que seus parentes estavam no Egito. Ele foi conhecê-los. Nesse tempo Israel estava com 130 anos.

O tempo de permanência de Israel no Egito deveria ser apenas enquanto durasse a fome, porém, sua estada demorou mais que o desejado.

Lá Jacó morreu e foi sepultado na caverna que está no campo de Macpela, fronteiro a Manre, na terra de Canaã. Seu corpo foi embalsamado como faziam os egípcios. Esse processo de embalsamento durou quarenta dias, e os egípcios o lamentaram por setenta dias.

Após sua morte, os irmãos de José temeram que ele se vingasse pelo que eles haviam feito no passado, então disseram:

— Teu pai ordenou, antes da sua morte, dizendo: Assim direis a José: Perdoa, pois, a transgressão de teus irmãos e o seu pecado, porque te fizeram mal; agora, pois, te rogamos que perdoes a transgressão dos servos do Deus de teu pai.

José chorou ao lembrar de tudo que ele tinha passado até ali, então lhes respondeu:

— Não temam; acaso, estou eu em lugar de Deus? Vocês, na verdade, intentaram o mal contra mim, porém, Deus o tornou em bem, para fazer, como vedes agora, que se conserve muita gente em vida. Não temam, pois; eu sustentarei a vocês e a vossos filhos.

José cumpriu sua palavra, cuidou daqueles que atentaram contra a sua vida, perdoou a todos eles, seus atos de bondade era uma prova de seu amor e abnegação a Deus.

A morte de José

Muitos anos se passaram depois dessas coisas. Minha amizade com José era cada dia mais substancial e profunda. Fiquei feliz quando pude voltar a ser mulher novamente, mas foi triste ver meu amigo envelhecendo enquanto eu permanecia jovem como antes.

Aos cento e dez anos de idade, José já era um homem idoso, sua vida foi toda dedicada a Deus, em seu leito de morte, fui visitá-lo. Ele ,ao me ver, disse:

— Zaira, a mulher do futuro.

Eu me aproximei dele, com um sorriso triste nos lábios lhe perguntei.

— Como você está José?

— Morrendo, Ângela – ele deu uma pausa, seu olhar parecia um tanto distante – sabe, Zaira, quando você me contou naquele dia lá no cárcere, que você era do futuro, eu achei que você estivesse louca, mas quando vi o tempo passar e você permanecer jovem como no dia que nos conhecemos, então passei a acreditar em suas palavras.

— Eu entendo você, também não acreditaria se estivesse em seu lugar.

— Você me disse que no seu tempo o Salvador já tinha vindo e que o meu povo O rejeitou, como isso aconteceu?

— A maioria do povo de Israel não reconheceu o Messias quando Ele veio, ou melhor, não O aceitaram, porque queriam um salvador diferente. Queriam um homem rico e poderoso, mas os poucos que acreditaram, como já lhe falei, espalharam as boas novas pelo mundo e muitos se juntaram nesse caminho. Nós agora estamos esperando Ele voltar novamente. Nesse dia vocês serão ressuscitados e todos nós juntos, iremos para o Céu.

Ele baixou a cabeça pensativo, por fim me perguntou:

— De que época você veio?

— 2017 anos depois da morte do Messias.

— 2017 anos depois do grande sacrifício e Ele ainda não voltou. Ao menos em sua época as pessoas aceitam mais o Messias do que na minha, afinal eles têm o cumprimento das coisas que nós apenas aguardávamos.

Eu falei um tanto decepcionada:

— Não é bem assim não. Na verdade, muitos nem querem ouvir, estão displicentes, cegos, endurecidos.

— Mesmo depois de tudo o que aconteceu?

— É, muitos não acreditam, outros ainda não conhecem porque muitos de nós nos acomodamos e deixamos de anunciar.

José fez um esforço, eu o ajudei a sentar-se um pouco, então ele me disse:

— Ângela, se tudo que você me disse for verdade, como penso que é, você tem uma responsabilidade muito grande. Você não pode mais perder tempo, seu povo precisa saber o que está prestes a acontecer.

— Agora eu sei disso, José, mas não será uma tarefa fácil.

— Mas, quem disse que fazer a vontade de Deus é algo fácil? Requer muita abnegação e coragem.

— Verdade – eu disse.

— Ângela, me prometa que nos veremos no grande dia quando o nosso Senhor retornar.

Eu olhei para José, naquele momento um filme passou em minha mente, vi diante de meus olhos toda a minha vida, as escolhas que fiz, o cristianismo falso que vivia. Meus olhos lacrimejaram: como eu poderia prometer algo assim? Eu ainda tenho muita mágoa dentro de mim.

José me despertou de meus pensamentos.

— Ângela!

— Eu prometo, José! Eu falei, mas sem convicção. Senti um aperto em meu coração. Será que ainda há esperança para mim?

Será que verei meu amigo novamente? Respirei fundo, uma lágrima rolou em minha face quente e triste.

José olhou para mim e me perguntou sobre sua descendência:

— E nós, Ângela, quando sairemos daqui?

— Vocês passarão aqui um longo período, seu povo se tornará escravo nessa terra, mesmo depois de tudo que você fez. Mas depois desse longo tempo serão libertados de forma miraculosa e retornarão para Canaã.

José respirou fundo, ao pensar nesse longo tempo de cativeiro. Nossa conversa terminou um tanto triste ao final daquela tarde, como são tristes os fins de tarde.

José viveu cento e dez anos e morreu. Antes, porém de sua morte, pediu aos seus descendentes que quando Deus os tirassem do Egito e os fizessem regressar para Canaã, que levassem com eles seus ossos para serem sepultados lá.

Fiquei com José tempo suficiente para chorar sua morte, ao vê-lo ser depositado no túmulo, deitado, inerte, senti uma tristeza profunda, lembrei de meu pai, de sua morte...

Depois que todos saíram, eu permaneci ali, contemplando a árida paisagem, mas o anjo me chamou e disse:

— Vai ficar aí? A história não acabou, venha ver o que vai acontecer ao povo de Deus aqui no Egito.

— Eu já sei o que acontecerá – eu respondi desanimada – não sei se suportarei ver mais nada.

— Eu sei que você sabe, mas você não viu, não experimentou. Sei que foi difícil para você ver seu amigo envelhecer e morrer, mas ele irá ressuscitar e vocês poderão se reencontrar.

Ergui minha cabeça, meus olhos estavam vermelhos de chorar, eu não tinha ânimo para acompanhar mais tudo aquilo, mas fiz um esforço e me levantei.

Referências

- Comentário Bíblico Adventista do Sétimo Dia / editor da versão original em inglês Francis D. Nichol; editor da versão em português Vanderlei Dorneles. – Tatuí, SP: Casa Publicadora Brasileira, 2011.

- White, Ellen G., 1827-1915. Patriarcas e profetas: Deus escolhe, dirige e protege seu povo / Ellen G. White.; tradução: Flávio L. Monteiro – Tatuí, SP: Casa Publicadora Brasileira, 2007.

- <https://www.youtube.com/watch?v=QF5KJju_Inw&t=1377s> – acessado em 29/10/2018.

- Bíblia de estudos para pequenos grupos / (editado por Lyman Coleman ; tradução Christiane Roswitha Werner Massambani... . et al.). – Brasília DF : Editora Palavra, 2011.

Made in the USA
Lexington, KY
20 July 2019